TUDO OU NADA EM MARRAQUEXE

IAN PARSON

Tradução por
EVIE DIANE

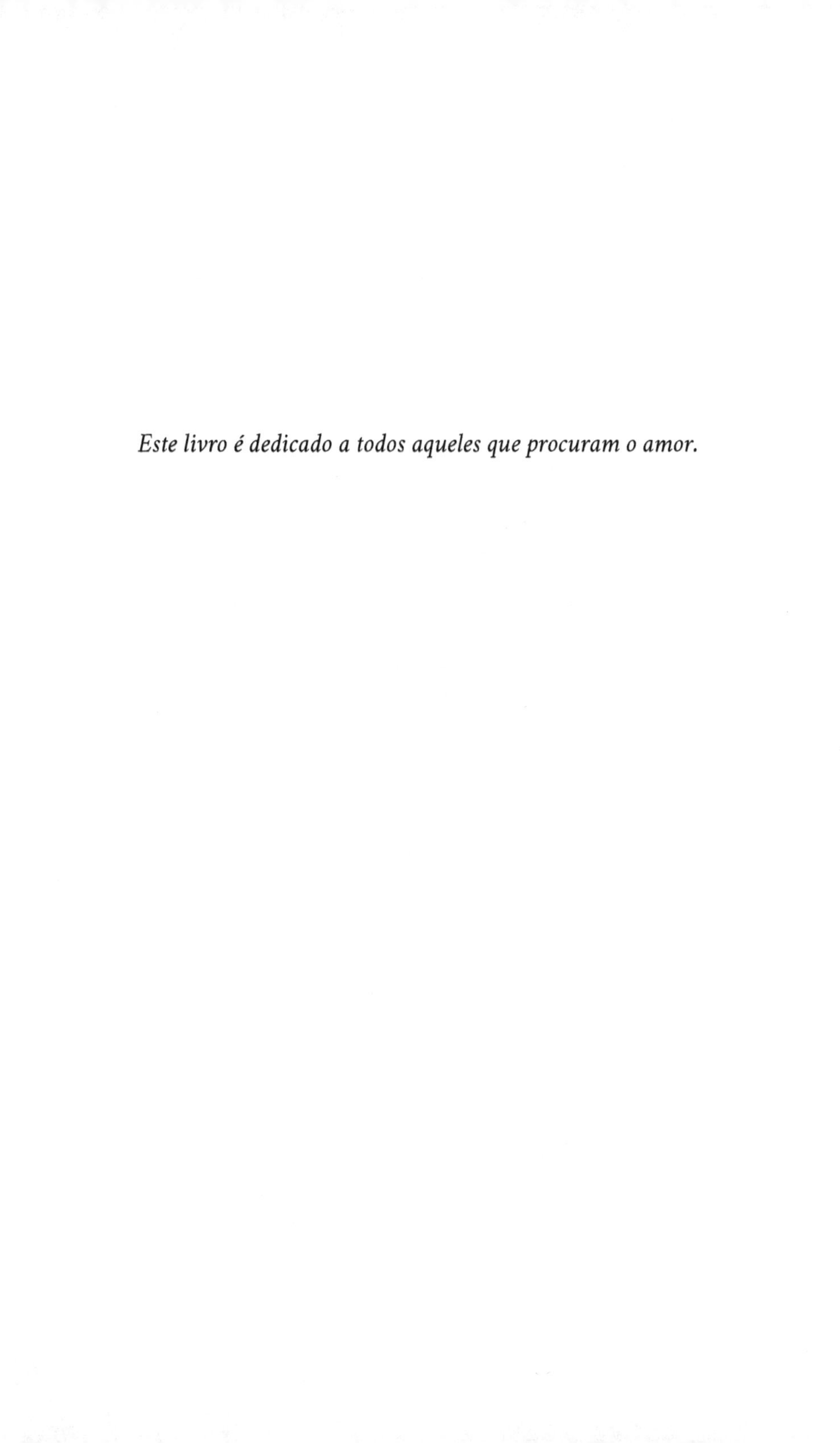

Este livro é dedicado a todos aqueles que procuram o amor.

CAPÍTULO UM

Justin Tondidori tinha trinta e nove anos de idade. Estava ligeiramente acima do peso, a calvície aumentando, e estava em uma missão para entrar em um relacionamento antes que esses problemas piorassem. Antes de chegar à meia-idade.

Ele era superficial o suficiente para acreditar que para ter alguma chance de encontrar uma namorada, você tinha que satisfazer certas expectativas, então, interpretava o papel do que achava que as mulheres procuravam em um homem, em vez de ser ele mesmo.

Ele acreditava que a frase "apenas seja você mesmo" era uma armadilha.

Na maior parte dos dias ele se vestia igual à quando tinha quinze anos, no estilo *grunge* que se tornou popular nos anos noventa por Kurt Cobain. Pior do que se vestir como uma criança, era ainda sonhar acordado como uma criança. Justin sonhava em ser amado.

Era tudo o que queria no mundo.

Ele sabia que seus pais o amavam e provavelmente sua irmã

também. Mas esse não era o amor que ele desejava. Eles eram a sua família. Não tinham escolha.

Ele queria o outro tipo de amor. O tipo incondicional, abrangente, que lhe tira o fôlego. Como nos filmes.

Justin tinha visto *Love Story*, e era aquilo o que queria.

Muitos anos tinham se passado, e ele ainda esperava que um dia acontecesse. Até agora, não tinha sequer gostado de alguém o suficiente para sentir falta quando não estavam por perto. E nunca soube como era colocar os interesses de outra pessoa à frente dos seus, sem segundas intenções.

Sendo o romântico ingênuo que era, ele achava que isso não era justo, e se sentia excluído. Como se lhe faltasse algo, um ingrediente-chave sem o qual a sua vida adulta ainda não tinha realmente começado.

Ele tinha quase atingido a tenra idade de quarenta anos, e, ainda assim, aquele estado de felicidade elusivo o escapava. Alguns podiam dizer que ele tinha idade suficiente para ter mais juízo. Que estava na hora de esquecer os sonhos de criança.

No entanto, a ideia do que deveria ser o verdadeiro amor, qual era a sensação e o que ele estava perdendo, sempre o feriu por dentro. Se ele desistisse disso, o que mais tinha sentido?

Ao longo dos anos, Justin tivera muitas amantes e havia visto muita pornografia. Ele via estas coisas como parte de um treino, que o preparava para o grande evento. Com isso, ele tinha aprendido algo sobre a expressão física do amor.

Infelizmente, tinha falhado completamente em perceber que isso não era suficiente. Ele também precisava entrar em contato com os seus sentimentos, com as suas emoções.

Este era um departamento no qual ele não mostrava maturidade. Emocionalmente, o seu crescimento fora atrofiado. Ele não era melhor do que um garoto ingênuo, procurando sem rumo o sonho impossível do amor.

Depois de cada novo fracasso, ele curava as feridas e dizia a si mesmo: *"Ela não era a certa"* ou *"Eu tentei, eu realmente tentei".*

Fazer-se de vítima anulava qualquer necessidade de examinar se ele poderia ser, de alguma forma, parcialmente culpado pela última relação fracassada.

Sem a análise profunda necessária, ele podia se convencer, de modo genuíno, de que estava dando o seu melhor. A maneira como o seu cérebro executara as cambalhotas para chegar a tais conclusões teria sido adorável, se as consequências não fossem tão trágicas.

Grande parte do problema de Justin é pensar que, na escala de encontros, ele é pelo menos um sete e meio, provavelmente um oito.

Pode-se dizer que houve um breve momento durante o qual ele esteve próximo de oito. Mas isso foi há anos. Agora ele estava com quase quarenta anos, e os seus melhores dias estão há muito no passado. Ele é um seis e meio, na melhor das hipóteses.

Apesar disso, na sua mente, ele é um oito, sempre foi e sempre será.

E como é razoável que alguém pense alto, como um oito, ele poderia almejar, de maneira realista, uma posição acima. Alguém que seja um nove.

A Trudy é sem dúvida um nove, se não um dez.

CAPÍTULO DOIS

Trudy Andrews era absolutamente linda. Ela tinha longas, onduladas e grossas madeixas louras que chegavam até a metade das suas costas. Ela quase nunca usava muita maquiagem, mas a sua pele era radiante e sem falhas. Sua figura agraciaria qualquer passarela, e o seu rosto pertencia à capa da *Vogue*.

Ela tinha uma personalidade confiante que infelizmente a levou a se casar com o seu namorado de infância. A relação que ela esperava que durasse até que a morte os separasse não tinha resistido a mais do que quatro anos.

A realidade tinha chegado com força. As infinitas possibilidades da juventude se dissiparam rapidamente quando Trudy se tornou mãe solteira. Hoje em dia, a sua autoconfiança era quase inexistente.

Durante anos, ela evitou os homens, dedicando todas as suas energias aos seus filhos. Nesses momentos de silêncio, ela dizia a si mesma que levava uma vida plena. Era uma grande mentira. Trudy estava sozinha. Ela estava pronta para voltar ao jogo, só precisava de um empurrão.

Certa noite, ela estava sentada em sua enoteca habitual com sua melhor amiga Lucy Daniels.

As jovens apresentavam semelhanças impressionantes, pois ambas eram lindas com corações bondosos; era em suas vidas privadas que as diferenças aumentavam.

Lucy possuía uma confiança abundante. Ela havia estudado o terreno, saído em muitos encontros antes de se estabelecer com um arquiteto que a amava, respeitava e sustentava. O casamento era sólido.

Trudy reparou quando um estranho bonito entrou.Lucy sorriu.

"Do que você está rindo?", Trudy exigiu saber.

"Eu vi aquilo."

"Hum", respondeu Trudy, fingindo ignorância. "Viu o quê?"

Lucy sorriu novamente. Elas eram amigas desde os cinco anos de idade; ela conhecia Trudy como a palma da mão. Não havia necessidade de palavras.

Trudy suspirou. Ela não enganava ninguém e certamente não a garota que a conhecia melhor do que qualquer um.

"Quem iria me querer com dois filhos nas costas?", perguntou ela.

"Você é linda", insistiu Lucy. "Podia ter qualquer homem aqui."

Trudy olhou novamente para o estranho.

"Seria bom conhecer alguém que não fosse um completo idiota", admitiu ela.

"Sim", Lucy concordou. "Ele está definitivamente por aí."

"Um homem digno de amor?", elaborou Trudy.

"Você merece alguém especial."

"Você acha que essa criatura existe?", perguntou Trudy em dúvida.

"Claro que sim!", opinou Lucy, o otimismo praticamente explodindo de todos os seus poros. Ela acreditava, e porque não acreditaria? Ela estava vivendo aquilo.

Trudy considerou a possibilidade. Parecia improvável para ela.

"Já não se fazem homens como o seu Seamus", decidiu ela.

"Eu discordo!", disse a amiga. "Você só precisa baixar as suas expectativas."

Ambas soltaram uma risada.

CAPÍTULO TRÊS

No fim de semana seguinte, o destino juntou Justin e Trudy. Aconteceu em Camden, em uma angariação de fundos para refugiados sírios.

Trudy estava presente porque participava religiosamente de tais eventos, se preocupava demais com os menos afortunados e queria fazer a diferença.

Justin estava lá porque era perto da sua casa e ele estava à caça de uma nova namorada.

Não demorou muito até que os seus olhos recaíssem sobre ela. Era inevitável que isso acontecesse. Ela era, de longe, a jovem mais bonita do lugar.

"É isso", disse a si mesmo, pensando erroneamente que o que ele sentia ao olhar para ela só podia ser descrito como amor. Ele se aproximou da visão vestida de vermelho.

"As pessoas estão vivendo nas calçadas de Hackney", ele a ouviu dizer. "É nojento o que elas têm que suportar em um dos países mais ricos do mundo."

"Olha quanta paixão." Justin estava enfeitiçado. *"A forma como as narinas dela se inflamam quando ela enfatiza algo. Como ela balança aquele brilhante rabo de cavalo."*

Ela era fascinante. Era deslumbrante. Ele se aproximou ainda mais. Chegou tão perto que Trudy interrompeu seu monólogo e se virou para olhar para o intruso.

Os olhos deles se encontraram.

Ele deu um sorriso charmoso.

"Ele é muito confiante", pensou Trudy. *"Talvez um pouco confiante demais."*

Justin ignorou as pessoas que se amontoavam à volta dela.

"Olá, meu nome é Justin", disse ele.

"Trudy", respondeu ela e permitiu que apertasse a sua mão.

Ele lhe pagou uma bebida e, casualmente, a afastou do grupo com o qual ela estava. Ele fez perguntas sobre ela. Fez um excelente trabalho, fingindo estar interessado. E mesmo que ela não tenha revelado muito da sua natureza pessoal, apontou em grandes detalhes o que deveria ser feito para resolver a situação dos sem-teto.

"Eu amo a voz sexy dela", decidiu ele.

Justin tinha pouco a acrescentar à conversa para não mostrar imediatamente que ele não fazia ideia do que estava falando, mas queria desesperadamente impressioná-la. Então, quando a lata da coleta chegou, ele fez uma generosa doação, esperando que ela notasse.

"Caramba, cem libras! Isso vai ajudar muito", Trudy sorriu para ele.

O seu esquema estava funcionando.

"Bom, você sabe, acho que é importante fazer o que pudermos", mentiu ele.

Acrescentou uma encolhida de ombros e um meio sorriso que devia transmitir uma profunda simpatia pelos seus semelhantes.

"Entende o que eu quero dizer?", disse ele, como se a injustiça para com o seu semelhante, injustiça para com os menos afortunados, o magoasse profundamente.

"Entendo", concordou ela, acenando com a cabeça.

Justin tinha certeza de que aquele aceno realmente dizia: "Onde você esteve toda a minha vida?"

Eles tomaram mais algumas bebidas e ele ouviu com atenção. Quando era a sua vez de falar, ele se contentou em dizer a Trudy como ela era interessante, como era inteligente, e no final da noite, como ela era sexy.

Antes de sair, Trudy lhe deu o seu número.

CAPÍTULO QUATRO

Algumas noites mais tarde ela estava de volta à enoteca com Lucy. Elas discutiram sobre crianças, trabalho e tudo o que estava errado no mundo.

"Como foi aquela angariação de fundos na outra noite?", perguntou Lucy inocentemente. Trudy corou.

"Ah, meu Deus!", toda a inocência foi apagada de imediato do comportamento de Lucy. Isso era sério. "Você conheceu alguém, não foi?", acusou ela. "Como ele é?", ela exigiu saber.

Trudy mordeu o lábio e franziu o nariz, claramente procurando as palavras certas para responder à avalanche de perguntas.

"Ele é bonito?", a amiga mal podia esperar.

Trudy levantou uma sobrancelha como se estivesse considerando. Ela sorriu e corou um pouco. "Mais ou menos", respondeu.

"Ele tentou te tirar algum dinheiro?"

Trudy balançou a cabeça com veemência.

"Não", ela claramente se opôs à difamação sobre o caráter dele.

"Meu Deus, você gosta dele!"

Elas beberam o seu *prosecco*, examinando-se, ambas ponderando a situação.

Trudy não sabia o que podia dizer sobre ele, ou até o que sabia sobre ele.

Enquanto Lucy se perguntava se deveria oferecer preservativos à amiga, ela se inclinou para a frente. "Eu acho que você devia dormir com ele", aconselhou ela.

Trudy riu. Ela fingiu estar animada, mas Lucy conhecia risos nervosos quando ouvia um.

"Você deu seu número a ele?"

Ela acenou com a cabeça.

"Ele já ligou?"

Trudy bebericou o drink antes de responder.

"Vou encontrar ele no sábado", confessou ela, e Lucy gritou, fazendo com que alguns dos outros clientes olhassem para elas.

Lucy se debruçou sobre a pequena mesa de vidro e beijou a amiga nas bochechas.

"Estou tão orgulhosa de você", declarou. Sorrindo como se ela fosse uma criança que tinha acabado de chegar em primeiro lugar na corrida de ovos e colheres.

"Isso não significa que eu vá fazer nada", Trudy tentou jogar um pouco de água fria no entusiasmo da amiga.

Lucy bufou. "Isso outra vez?"

"Como assim?"

"Pelo menos dê a ele uma oportunidade dessa vez", aconselhou ela sombriamente.

"O que você quer dizer?", perguntou Trudy na defensiva.

Lucy se sentou, tomou um gole de vinho. "Você sabe. Significa que se você tiver a oportunidade de fazer algo legal, diga sim!", Lucy baixou a voz, acrescentando: "E se ele quiser transar com você, deixe!"

Trudy bufou algumas bolhas de vinho, sem se comprometer a nada.

CAPÍTULO CINCO

Sábado à noite chegou, e Justin tinha se preparado bem. Ele vestiu uma camisa nova e o seu melhor terno Hugo Boss. Fez reservas no super badalado restaurante SkyView. Ele a buscou em um táxi, o que funcionou muito bem. Trudy detestava andar de salto alto.

Enquanto passeavam pelas ruas de Londres, Trudy o estudou sorrateiramente. Ela tinha que admitir que ele se arrumara muito bem.

"Talvez eu transe com ele", pensou ela, enquanto eles eram deixados à porta.

"Você não pode transar com ele só porque ele te salvou de ficar com uma bolha no calcanhar", pensou ela, e a incerteza recuperou seu lugar no processo de tomada de decisões.

No bar, eles se acomodaram em confortáveis assentos na janela. A música ambiente e a iluminação suave colaboravam com o romantismo.

"Ela deve estar adorando isso", concluiu Justin.

"É bom vir a um lugar novo", pensou ela.

A tensão foi quebrada quando o garçom chegou e anotou o

pedido deles. Quando foi embora, a tensão voltou; Justin se sentiu obrigado a dizer algo para quebrar o clima.

"Você já esteve aqui antes?", perguntou ele.

Trudy balançou a cabeça. "Você já?"

"Uma ou duas vezes", admitiu ele.

"Mas eu estive lá em cima", disse ela, e apontou pela janela.

Do outro lado do rio, o Shard apontava para a noite, bem acima de todos os outros arranha-céus.

"Ah." Houve uma pausa. "Por que?", perguntou ele.

"A minha filha queria ir."

"Ah", disse ele, enquanto observavam as luzes de laser vermelhas e azuis dançando através dos painéis de vidro do Shard. Londres se estendia por quilômetros abaixo. A vista deles era inegavelmente romântica.

Trudy esperou que ele dissesse alguma coisa.

"Ela tem uma menina", pensou ele. Justin roubou um olhar na direção dela. Ela estava incrível.

"Quem se importa", decidiu ele.

"Você tem uma menina?"

"Sim, Megan, ela tem quatro anos."

"Ah, que bom, eu adoro crianças."

Ele sorriu para mostrar que não queria dizer nada de estranho com isso.

"Ele não vai querer falar de crianças." Trudy impediu a si mesma de exaltar as virtudes de Megan.

Ele podia sentir borboletas voando no estômago. Uma bela mulher, um sábado à noite e as luzes da cidade, ele não mudaria nada. Era disso que se tratava.

Acrescente a antecipação, a ansiedade, a vontade, o vamos ou não vamos, à mistura, e você tinha a receita perfeita.

"O começo é sempre a melhor parte de se apaixonar", pensou Justin.

Ele viu um lado diferente dela refletido na janela. Com o seu xale de algodão branco sobre um elegante vestido azul claro, ela era deslumbrante de qualquer ângulo.

"Você está fantástica", disse ele.

Ela sorriu para ele, "Obrigada."

As bebidas chegaram. Trudy bebeu vinho enquanto ele tomava um gole de cerveja.

"Pelo menos ele disse fantástica e não bonita", pensou ela. Ela não iria para a cama se ele fosse chato.

"Não seja chato."

De repente ele se virou, e seus olhos se fixaram nela. Ela era o centro da atenção dele. E isso a fez se sentir especial.

"Acredita em amor à primeira vista?", perguntou ele.

"Nada de errado nisso para uma primeira cantada." Ela deveria estar satisfeita?

"Eu não sei", ela considerou a pergunta. "Sim, suponho que sim", decidiu.

"Eu também", ele atirou de volta. Sorriram um para o outro.

Trudy virou-se para olhar a vista.

"Isso foi algo legal de se dizer", disse a si mesma. *"Ele é simpático."*

Mas havia uma voz irritante no fundo da sua mente.

"O quê? Você está louco? Que tipo de pergunta é essa para alguém que você mal conhece?".

Durante o mais breve dos momentos, Trudy se perguntou se isso seria um grande erro. Mas a vista era agradável, o vinho estava gelado, a babá tinha sido paga.

As palavras de Lucy soaram na sua cabeça: *"Dessa vez, dê uma chance a ele."*

Ela jurou esperar e ver como as coisas se desenrolariam, por Lucy, e nada mais.

Algumas horas depois, Trudy ficou feliz por ter perseverado. Após algumas bebidas, e depois de ter controlado os nervos, ele se revelou divertido, atencioso. Tinha histórias sobre pequenas confusões que, em vez de o deixarem amargo, haviam lhe proporcionado algumas anedotas divertidas. Ela tinha que admitir que ele era uma boa companhia; não devia saber que as anedotas eram roubadas de outras pessoas, pessoas normais com vidas interessantes.

Justin sabia como seduzir uma garota e Trudy estava pronta para ser seduzida.

Ele encheu o copo dela, fingiu interesse nas suas histórias e estava muito bem comportado. Era o melhor encontro que Trudy tinha tido há muito, muito tempo.

Eles dividiram um táxi, que levou Trudy primeiro para casa.

"Você quer entrar?", perguntou ela, enquanto o carro entrava na sua rua.

"Bem, se você tiver certeza. Isso seria ótimo."

Trudy estava planejando levá-lo para a sala e relaxar no sofá, mas a sala estava uma bagunça. Ela não podia levá-lo para lá. Tinha pedido ao filho para arrumar as coisas quando a irmã dele fosse para a cama. Provavelmente ele tinha se distraído e, com certeza, tinha se esquecido de fazer isso.

Então eles ficaram na cozinha, empoleirados em banquinhos em lados opostos da bancada do café da manhã, e o fator romântico diminuiu à medida que os níveis de café em suas canecas faziam o mesmo.

Com cada rangido da casa, Trudy pensava que a filha ia acordar. Ela não conseguia relaxar.

Justin secou a sua bebida quando percebeu que o momento tinha passado.

"É melhor eu ir embora", anunciou ele, colocando o banco de volta no lugar e ficando de pé.

Trudy sorriu.

"Obrigada por uma noite adorável. Eu gostei muito."

"Eu também." Ele fez uma pausa, imaginando se ela iria até ele.

Ela ficou no mesmo lugar, então ele fechou o casaco.

"Eu te ligo", disse, e se dirigiu para o corredor.

Ele ouviu o barulho de um banco raspando os azulejos, e diminuiu o passo.

Trudy chegou até ele.

"Então, eu te ligo", repetiu.

"Está bem", disse ela, e se inclinou próxima a ele para abrir a porta.

Justin estendeu a mão e a deslizou pelas costas dela. Puxou-a suavemente e ela se deixou cair em um beijo.

Mas ela sabia que a porta de vidro significava que a silhueta deles seria vista por quem passasse ao acaso. Por mais improvável que isso fosse, por ser tarde da noite, ela não se sentia confortável, então se afastou, atrapalhando-se com a fechadura.

"Boa noite", disse ela, baixando os olhos com timidez.

Ele a beijou na bochecha enquanto a apertava.

"Boa noite, anjo", disse ele, e foi embora.

Trudy fechou a porta e foi sorrindo até o banheiro.

Justin deu um pequeno salto quando virou a esquina e começou a procurar por um táxi.

"Isso foi ótimo. Ela é muito incrível." Na mente dele, a noite tinha corrido extremamente bem.

"Estou apaixonado", decidiu ele de maneira precipitada.

No sábado seguinte, reservou um jantar e um show no Volupte, o cabaré mais quente da cidade. Trudy usou um vestido chiffon cor de pérola que se agarrava bem às suas curvas, eles riram alto do mestre de cerimônias, emocionaram-se com os números de dança, beberam muito vinho barato e não conseguiram manter as mãos longe um do outro no táxi.

Não havia tempo para café. Alguns minutos depois de entrarem pela porta da frente, eles estavam rolando no sofá mexendo na roupa um do outro. Muito rápido, Justin tirou a camisa e Trudy ficou somente de lingerie rendada. A respiração estava se tornando mais rápida, mais frenética.

Então Megan acordou e começou a chorar.

Ela parou, e ele também.

"É melhor você ir", disse, colocando o vestido por cima da cabeça.

A maneira como ela se mexia o deixava louco.

"O quê?", ele queria gritar. *"Parar agora?"*

Mas como ele podia? O choro de Megan estava aumentando de volume, claramente um sinal de que a festa tinha acabado.

Era hora de partir, e não havia nada que pudesse ser feito a respeito disso.

"Você pode encontrar a saída, não pode?",ela já estava a meio caminho de subir as escadas.

"Claro."

Ele não fez pequenos passos de dança a caminho de casa naquela noite. Na verdade, ele se sentia um pouco frustrado.

"Você vai ficar bem", ele se consolou.

No fim de semana seguinte, Trudy providenciou que sua mãe ficasse com os filhos durante toda a noite.

Ela não estava totalmente convencida de que havia um futuro com Justin; não o conhecia bem o suficiente. Mas gostava dele o bastante para transar com ele, disso ela sabia. Além do mais, já fazia um bom tempo, ela estava excitada, e o Natal estava quase chegando. Não queria ficar sozinha de novo este ano.

Se Trudy ignorasse a dúvida incômoda no fundo da sua mente, seria muito fácil para fingir que as coisas estavam melhorando.

CAPÍTULO SEIS

J ustin, por outro lado, não tinha quaisquer dúvidas. Trudy era especial, ela era "a tal", ele estava absolutamente certo disso.

E, com tal conhecimento, ele estava impaciente para dar prosseguimento ao plano. Para começar a procurar casas, abrir uma conta conjunta, ou mesmo conhecer os filhos. Diabos, ele estava pronto para adotá-los.

Com certeza faria isso quando eles se casassem.

Ele não tinha mencionado nada disso a Trudy. Talvez fosse muito cedo para entrar em detalhes, decidiu ele. Mas deixou claro que amava crianças, mal podia esperar para conhecer as dela.

"Todo mundo diz que eu sou muito bom com crianças", mentiu ele, não pela primeira vez.

Trudy acreditou. Ela não tinha razão para não acreditar. Só não tinha certeza de que infligir a sua prole a ele ajudaria na relação. Ela achava que eles provavelmente deviam se conhecer um pouco melhor primeiro. Mas Justin era persuasivo, e era tudo novo e emocionante. Ela se permitiu ser convencida.

Então, na noite antes da véspera de Natal, combinaram de se encontrar no centro da cidade.

Eles apreciariam as luzes da Regent Street, aproveitariam algumas barganhas de última hora e talvez se presenteassem com um hambúrguer. Justin tinha visto os anúncios; ele sabia que as crianças gostavam de ir ao McDonald's.

Trudy tinha que concordar que, em teoria, era um bom plano, fora o McDonald's. Ela logo pôs fim àquela ideia, ela não seria vista nem morta lá dentro, nem os seus filhos. Bom, Philip talvez, mas certamente não Megan.

Mas teve que concordar com o raciocínio básico dele.

"Todos estão de bom humor no Natal. É uma ótima oportunidade para nos conhecermos."

"Isso pode tirar o Philip da concha dele", pensou ela. *"E eu posso desculpar a hiperatividade da Megan como animação. Fingir que ela não é sempre assim."*

Justin estava no alto dos degraus da estação de Oxford Circus. Estava extremamente lotada. As pessoas não paravam de o acotovelar. Ele não gostou daquilo. Não estava habituado a ficar esperando. Passava muito pouco tempo à mercê dos outros.

Ele olhou para o relógio.

"Ela está atrasada." Se fosse qualquer um que não Trudy, ele teria ido embora depois de cinco minutos. De alguma maneira, reunindo cada gota de paciência que possuía, conseguiu aguentar o que parecia uma eternidade até que finalmente a viu. Ela estava nove minutos atrasada.

"Esquece isso", pensou Justin. *"Bom comportamento",* ele lembrou a si mesmo.

"Philip não pôde vir", ela anunciou quando se aproximou.

Justin acenou com a cabeça e a beijou na bochecha.

"Bem, pelo menos você está aqui", disse ele.

Ele olhou para a criança que tinha se dado ao trabalho de vir.

"Essa é a Megan."

A menina estava enterrada no fundo de uma parka encapuzada.

"Olá, Megan." Ele sorriu.

Ela o olhou de volta.

Ele estendeu a mão. Ela continuou a olhá-lo fixamente, com as mãos nos bolsos.

"Diga 'oi' para o Justin", disse a mãe.

A criança deu um meio aceno de cabeça.

"Pegue a minha mão", disse Trudy, e Megan obedeceu.

Enquanto eles andavam em direção à Regent Street, Justin tentou conversar, mas estava muito movimentado para andar ao lado delas. Não conseguiam ouvir um ao outro. Como ele conseguiria colocar a criança de lado?

Na próxima grande loja, ele puxou a manga de Trudy, forçando-a a parar. Ele apontou para um unicórnio gigante na janela.

"Olha", ele tentou injetar admiração na palavra.

"Sem graça", respondeu Megan, puxando a mãe para continuarem andando.

Justin ficou surpreendido. Pensou que a menina ficaria mais impressionada do que ele com um unicórnio gigante.

"Obviamente não é o tipo dela. Vou tentar outra coisa."

Ele parou novamente diante de uma enorme janela com luzes piscando ao redor das bordas. As luzes emolduravam uma exibição que consistia em centenas de bonecas empilhadas umas sobre as outras. Era realmente impressionante.

"As meninas adoram bonecas, todo mundo sabe disso", pensou ele. *"Ela vai gostar dessa."*

"Olha, Megan."

"Sem graça", comentou ela, mal olhando a janela.

"Ela me odeia", concluiu Justin. *"Ela sabe que ando dormindo com a mãe dela e me odeia por causa disso."*

"Do que você gosta?", perguntou ele.

"O quê?", a criança disparou.

"Nada", ele achou melhor recuar. Estava com medo de começar uma conversa. Ela estava deixando-o nervoso.

"Está tudo bem?", perguntou Trudy.

"Sim, mamãe." Megan sorriu docemente.

"Acho que ela me odeia", disse Justin com calma.

Ela bufou, o que de alguma forma sugeria que ele estava sendo ridículo.

"Seja simpático", sussurrou ela.

Ele olhou para Megan. A criança estava olhando para ele, braços cruzados sobre o seu pequeno peito, um olhar severo.

Ele sorriu nervoso, perguntando-se o que dizer que poderia ser classificado como agradável.

"O que você está olhando?", exigiu a garota.

Ele forçou uma risada, mas que mais parecia um vilão de Bond do que um comprador no Natal.

"Você é estranho", a menina o informou.

Escolheu ignorá-la. Ele precisava de uma distração.

"Olha", apontou ele.

"E agora?", Megan queria saber. O tom implicava que ela estava ficando rapidamente sem paciência com o novo amigo da mamãe.

"Hamleys!"

"Nunca ouvi falar", disse a criança.

"Vamos lá." Ele tentou agarrar a sua mão, mas ela não queria saber disso.

"Vamos lá", ele se dirigiu à Trudy.

Ela pegou a mão de Megan, e eles atravessaram a rua.

Justin tinha formulado um plano. Ele decidiu que seria mais fácil simplesmente comprar a amizade dela.

Imaginou quanto deveria gastar.

Ele ainda estava se perguntando quando cruzou a rua, Trudy

e Megan sendo esquecidas por um momento. Ele correu um risco com o trânsito que Trudy não estava disposta a imitar.

Esperou por elas do outro lado da rua, no frio, enquanto parecia invisível para a multidão. As pessoas continuavam o acotovelando. Ele não gostou, mas forçou o sorriso a permanecer no lugar, conseguindo manter a impaciência fora do seu rosto. Quando estavam na meca dos brinquedos de Natal e Megan percebeu que tinha carta branca, o ambiente mudou por completo e todos relaxaram.

Quando ele as colocou em um táxi uma hora depois, Megan estava transbordando com a alegria do Natal. Na calçada em frente à Hamleys, apesar de estar carregada de sacolas, ela insistiu em dar um grande abraço em Justin. Ele agradeceu com prazer enquanto Trudy os olhava, sorrindo. Ele não se sentia tão natalino há anos, se nunca é que já se sentira assim. No fim das contas, havia valido a pena desistir de uma tarde de Xbox.

No que lhe dizia respeito, a viagem tinha sido um completo sucesso.

Trudy, por outro lado, estava menos segura.

Ela não acreditava que as crianças deviam ganhar coisas só por apontar e dizer: "Isso, eu quero isso!" Se ela soubesse que Justin faria isso, nunca teria vindo.

Assim que ele abriu a boca, havia muito pouco que ela pudesse fazer. Ela tentou se consolar de que era Natal e todas as crianças mereciam ser mimadas nessa época do ano.

E teve que admitir que foi maravilhoso ver a filha tão animada, mas mesmo assim...

Talvez as coisas estivessem indo depressa demais. Ela precisava de tempo para pensar direito.

Esperou até ao último minuto, até eles se separarem.

"Preciso ir para casa da minha irmã, afinal de contas", ela lhe disse através da janela do táxi.

Tinha avisado que talvez não estivesse disponível durante o período de festas.

"Ah, eu vou sentir a sua falta", disse ele, surpreso por ter dito aquilo e ainda mais surpreso por ser verdade.

Ela sorriu com tranquilidade. "Eu também", respondeu.

"Te vejo quando voltar?", perguntou ele.

Ela acenou enquanto o táxi se afastava.

CAPÍTULO SETE

Justin sempre achou a política um pouco desanimadora.

Só não lhe importava porque, embora não se considerasse rico, ele estava, com certeza, confortável. Seu avô havia inventado uma peça que era patenteada e usada em todas as máscaras de mergulho do mundo. Justin não precisava trabalhar. Ele devia passar algumas horas no escritório, mas quase nunca se incomodava.

O pessoal tinha tudo sob controle. Não precisavam dele por perto.

Se em algum momento o seu saldo bancário precisasse de uma recarga extra, simplesmente pedia aos pais. Eles sabiam que ele nunca iria pagar um centavo, mas era o seu único filho. Todas as partes envolvidas atuavam em uma farsa apenas para evitar possíveis embaraços.

"Preciso de dinheiro para sair com uma garota, pai. Eu te pago na próxima semana."

"Aqui, filho, leve ela para um lugar agradável."

"Preciso de pneus dianteiros novos para o meu carro, pai. Eu te pago no fim do mês."

"Sem problema, aproveite e troque os quatro."

"Eu preciso de um depósito para uma casa maior, pai. Devolvo quando tiver um inquilino."

"Claro, de quanto você precisa?"

Portanto, era difícil para ele ter empatia com as dificuldades. Conhecia pessoas que levavam a política a sério. Mas eram amizades baseadas em uso de drogas e não em acordos políticos.

Uma vez se descreveu como de direita, mas quando lhe perguntaram o que ele queria dizer com isso, não teve resposta além de "porque meu pai é". O riso que se seguiu o impediu de voltar a afirmar ser qualquer coisa publicamente.

Quando perguntado se era contra os cortes no departamento de bombeiros, ele sabia que dizer: "Eu não dou a mínima. Eu vou ficar bem, minha casa tem o detector e os irrigadores de incêndio mais modernos", não ganharia nenhum concurso de popularidade, então escolheu a opção mais fácil.

"Claro que eu sou contra os cortes", dizia ele.

Se alguma vez tinha pensado em assuntos mundiais, fora apenas em relação a como aquilo o afetava de maneira pessoal.

O egoísmo era uma posição impopular entre os esquerdistas maconheiros, por isso, quando a política aparecia, ele enrolava outro cigarro, acenava com a cabeça e sorria, mas estava a milhas de distância, no seu lugar feliz, sem ouvir uma única palavra.

Para Trudy, a política significava tudo. O jogo estava manipulado e ela não descansaria até o mundo inteiro perceber.

Orgulhava-se de se manter atualizada sobre os últimos desenvolvimentos, as tendências e as nuances intrincadas de Westminster.

Ela assistia ao máximo de reuniões, comícios e discursos que podia. Absorvia tudo de boa vontade. Para ela, tudo isso fazia parte de um quadro mais amplo. Uma conspiração global de direita onde todos os caminhos levavam ao mesmo punhado de suspeitos todas as vezes.

Não havia maneira de Justin admitir suas opiniões vagamente conservadoras à Trudy.

Em vez disso, ele fingiu estar entusiasmado quando ela o convidou para acompanhá-la a um centro comunitário escondido em Islington ou Bethnal Green.

Em uma certa ocasião, ele carregou o seu cartão de transporte especificamente para se juntar a ela em um protesto na embaixada do Equador. Uma semana depois, eles estavam lado a lado em uma vigília à luz de velas em Brixton. Fingiu se importar, mas a verdade era que tais saídas muitas vezes culminavam em sexo.

No início, ele tinha tentado mostrar interesse.

Mas à medida que as semanas passavam, descobriu que muitas vezes a despia mentalmente quando devia estar escutando.

Isso se tornou o seu mecanismo de reação sempre que ela fazia um discurso apaixonado. A política dela podia interferir com o prazer dele.

Hoje, por exemplo, ela tinha visto um morador de rua ser preso.

Justin estava recebendo a história toda, golpe a golpe. Estava achando difícil acompanhar porque a blusa dela estava desabotoada mais abaixo do que o normal.

"Você não acha?", ele a ouviu dizer.

Era esperado que ele tivesse uma opinião.

O que dizer, no entanto? Ele não tinha ouvido e, além disso, não sabia nada sobre albergues ou mesmo sobre a fome. A simpatia sempre foi uma emoção problemática para ele projetar.

Talvez ela tenha lido isso no seu comportamento.

"Estou falando demais, não estou?", ela entregou mais como uma pergunta do que uma declaração.

"Não." Ele apertou a mão dela e sorriu. "Não seja boba."

Ela acreditou nele. Por que não acreditaria? Ela retomou a sua história de onde havia parado.

"Então, o albergue estava fechado no momento em que o levamos para lá..."

Justin voltou a desligá-la.

"Não temos nada em comum", pensou ele. *"Mas ela é tão gostosa."*

"Não acha?", a voz dela reapareceu.

Ele acenou com a cabeça, sério. Tentando retratar uma compreensão profunda.

"Se ao menos houvesse mais pessoas como você", disse ele.

Ela sorriu e franziu o nariz. "Ah, obrigada, querido."

Justin sorriu. *"Problemas bobos",* pensou ele. *"Isso é tudo. Quando estivermos casados, ela vai esquecer a política".*

Os seus pensamentos foram se desviando: *"Eu posso sempre trocá-la por alguém que prefira comprar on-line".* Ele cortou esse pensamento na raiz. *"Não, é a Trudy que você ama, mais ninguém."*

"Ela é tão gostosa", lembrou-se, porque isso estava acima de tudo. Afastava todas as dúvidas. Ele sabia que era superficial, mas estava tranquilo com isso.

Ela ainda estava falando, só que agora a frustração no seu tom era cada vez mais evidente.

"Ligue a CNN, querido", pediu ela, e Justin sorriu e pegou o controle remoto.

"Claro, querida."

A forma como ela devorava as notícias piorava as coisas, na opinião dele.

"Não é como se ela pudesse ajudar todo mundo", raciocinou ele, o que significava: *"então porquê se dar ao trabalho de tentar ajudar alguém?"*

Realmente o impressionava a maneira com a qual ela parecia ser capaz de transformar qualquer coisa em política. Qualquer coisa.

Justin ficou bastante satisfeito por ter identificado essa

armadilha em potencial dentro do relacionamento deles. Na sua opinião, não era intransponível. Ele já havia decidido uma estratégia: se ele nunca discordasse, não havia argumentos a serem apresentados.

Quando ela lhe contou sobre o sofrimento de uma pobre alma, ele se absteve de apontar que estava bem com o sofrimento de estranhos distantes.

Quando ela leu uma passagem para ele sobre prisioneiros políticos sendo torturados, ele balançou a cabeça enquanto pensava: *"Sei que tortura é dolorosa. Também é doloroso de se pensar, por isso cala a porcaria da sua boca".*

Ele se tornou habilidoso em checar o corpo dela sorrateiramente enquanto ela desabafava. Ela era tão bonita, que sempre lhe garantia um certo grau de gratificação.

"Trump é presidente há três anos", dizia ela.

Ela olhou para o outro lado a tempo de o apanhar acenando com seriedade. Não devia saber que ele tinha segurado o aceno até que soubesse que ela o veria. Quando ela baixou o olhou para a tela, ele admirou secretamente o lampejo erótico de pele visível entre o seu top e o jeans.

"A atitude dele em relação às mudanças climáticas vai ser a morte de todos nós", dizia ela. "Eu não acredito que ele colocou tarifas extras em energias renováveis, você acredita?"

"Eu sei." Justin parecia terrivelmente chateado.

"As energias renováveis são a resposta", ela parecia um pouco zangada agora. Isso era bom, sexo com raiva era ótimo.

"Teremos sorte se o planeta ainda tiver vinte anos bons." Ela balançou a cabeça, e os seus olhos brilharam de frustração.

"Eu sei", ele concordou. "Miseráveis!"

"Onde você acha que as energias renováveis são mais promissoras?", perguntou ela.

Ele fez a sua expressão séria. Ele sabia disso.

"Precisamos de mais painéis solares", respondeu ele, solene.

"Exatamente", concordou ela, "aqueles com uma bateria de

vida útil mais longa. E eu te digo onde eles devem colocá-los". Ela continuou.

Falava com tanta confiança, tanta paixão; a sua pequena camisola de algodão levantando e descendo de forma tão tentadora. Ela era o pacote completo. Era um prazer assistir. Ele podia ouvir a noite toda. Não ouvir completamente, óbvio, mas estar pelo menos em corpo.

"Não é só porque eu posso acabar transando", ele tentou se convencer.

Mas à sua voz interior faltava a autoridade da voz exterior de Trudy.

Ele queria tanto estar apaixonado, que jurou se esforçar mais.

A retórica dela abrandou e, por fim, parou. Era a vez dele de dizer alguma coisa.

"Eu vi painéis solares", disse ele. "Milhas e milhas deles."

"Sério?", ela estava disposta a ficar impressionada.

"Sim, no deserto. Em Marrocos."

"Ah, os campos chineses", disse ela.

"Não, no Saara, marroquino."

Ela sorriu gentilmente, tocada pela sua ingenuidade.

"Dinheiro chinês", explicou ela.

"Ah", respondeu ele. "Eles são legais, mesmo assim."

A conversa passou para o Marrocos. Ela estava interessada que ele tivesse ido. Então o ego de Justin tomou conta da conversa. Quando acabou de falar, Trudy presumiu razoavelmente que ele conhecia o país inteiro de maneira íntima.

Ele se lembrou de *souks* maravilhosamente vibrantes. Ele se lembrou de uma miríade de aromas. Pintou imagens românticas da comida, da terra, do povo.

"Eu adoraria ver isso um dia", suspirou Trudy.

"Nós devíamos ir", disse ele de imediato.

"O que é mais romântico do que o chamado das mesquitas quando

o sol se põe no mar?", pensou ele.

As memórias de Justin de alguns anos atrás haviam se tornado cor-de-rosa com tempo.

Ele se lembrava de vastas praias de areia, estradas vazias, comidas maravilhosas, pessoas de natureza fácil e clima excelente. Acima de tudo, ele se lembrou do haxixe barato.

O tempo tinha convenientemente apagado a miséria, os mendigos, a falta de necessidades básicas. Isso se devia em parte ao fato de que ele gostava de baixar de nível de vez em quando, tendo pequenas aventuras para reforçar a sorte que tinha, antes de retornar em segurança à decadência ocidental.

Os seus pensamentos se desviaram e uma jovem francesa que ele uma vez levou para o estrangeiro apareceu em sua mente. A África tinha provado ser muito mais do que ela podia aguentar.

Ele já não pensava nela há anos. Era como um sinal de alarme sendo ligado no seu cérebro.

"As favelas do Marrocos são demais para as simpáticas garotas europeias", lembrou-lhe a sua voz da razão.

"Dessa vez vai ser diferente", insistiu ele para si mesmo.

A forma como ele ignorou o aviso, dispensando-o num abrir e fechar de olhos, era magnífica. Mas embora o otimismo cego devesse ser admirado, era incrivelmente ingênuo. Não deixar tempo para reconsiderar, banir quaisquer dúvidas, era uma decisão infantil e precipitada.

"Você adoraria!", declarou.

Ele devia ter parado para pesar os prós e os contras, mas quem faz isso? Quem, nos primeiros dias de uma nova relação? Ele estava pensando com a cabeça de baixo. Além disso, sempre agiu com pressa e não era provável que mudasse tão cedo.

CAPÍTULO OITO

E ra uma noite de terça-feira chuvosa no norte de Londres. Trudy estava sentada na mesa de sempre em sua enoteca habitual. Ela tinha uma garrafa e dois copos à sua frente; estava esperando pacientemente por Lucy. Olhou para a entrada, mas a amiga ainda não tinha chegado. Tudo o que viu foram gotas de chuva gigantescas rolando pela porta de vidro.

"Onde é que ela está?", pensou. Estava impaciente para que Lucy aparecesse, queria compartilhar suas notícias. Tinha passado a noite na casa de Justin ontem, pela primeira vez.

Finalmente, os faróis piscaram através da janela. Ela olhou para fora quando um Uber estacionou na rua deserta. Viu a luz interior acender e Lucy pagar o motorista. Então a porta do carro se abriu, e com a gola virada para cima, sua amiga correu para o bar.

"Desculpa", ela falou ao se aproximar da mesa.

Trudy se levantou para cumprimentá-la. Elas se beijaram no ar.

"Então?", perguntou Lucy antes mesmo de ter tirado o casaco.

Trudy não respondeu. Ela olhou envergonhada à volta do lugar.

"Como foi?", Lucy mudou de estratégia enquanto se sentava.

"Bom, ele tem uma bela casa."

Lucy bufou e tomou um gole de vinho.

Ela estudou Trudy sobre o copo.

"Eu não quero saber da casa dele. Vocês transaram?"

Trudy cobriu a boca e olhou em volta.

"Shhh."

Lucy bufou outra vez.

"Esquece isso, garota", disse ela. "Ninguém pensa que você ainda é virgem."

Elas sorriram uma para a outra como fazem as velhas amigas.

Ambas beberam o seu vinho.

"Ele foi bom?", perguntou Lucy.

"Você é terrível."

"Você vai ver ele de novo?"

Trudy tomou outro gole de vinho e depois lhe contou sobre a viagem sugerida ao Marrocos.

Havia perguntas, como ela sabia que haveria.

"Então, me deixa ver se eu entendi", disse Lucy finalmente, "ele se ofereceu para te levar de férias?"

Ela esperou que Trudy acenasse com a cabeça em afirmação.

"Todos vocês, até a Megan e o Philip?"

Ela fez uma pausa e Trudy acenou de novo com a cabeça.

"Ele é bom de cama?"

O aceno veio de novo acompanhado por um sorriso conspirador.

"E ele não é muito politizado?"

Trudy franziu um pouco a sobrancelha a esse último ponto. Ela hesitou um pouco, mas concordou com a cabeça.

Lucy lhe deu um olhar severo. "Uau", disse ela. "Calma, amiga. Vamos ser claras, não-politizado é uma coisa boa."

"Mas todos os meus amigos são politizados", Trudy discordou.

"Eu não sou."

"Sim, mas se nós não tivéssemos nos conhecido no primário, não seríamos amigas agora de jeito nenhum", Trudy sorriu enquanto falava.

Lucy sorriu. "Não consigo segurar o forte sozinha. Você precisa de outra pessoa que não fale de política na sua vida", insistiu ela.

Trudy bebericou o vinho. Tinha que admitir que ele preenchia todos os outros requisitos. Sua amiga havia acabado de os examinar em detalhes forenses. Ele passava por todos eles, todos menos um. Agora era tudo o que lhe restava.

"Há algo nele, eu não sei."

Lucy abanou a cabeça.

"Você sempre pensa que há algo de suspeito nas pessoas novas."

"Eu não faço isso!", negou Trudy, embora ambas soubessem que sim.

"Vai!", implorou Lucy. "Qual é o pior que pode acontecer? Você ganhar uma viagem grátis até ao sol?"

Ambas olharam para a chuva forte.

"Olha para aquilo lá fora", disse Lucy de forma desnecessária.

"Eu tenho a sensação de que ele usa muita droga", disse Trudy.

Ela não conseguia explicar porque sentia a necessidade de semear a dúvida, especialmente com férias livres para agarrar. A propósito, as primeiras férias gratuitas que lhe tinham sido oferecidas. Devia estar entusiasmada, sabia disso. Mas tinha uma sensação de incômodo, uma sensação de mal-estar, uma nuvem de desgraça iminente.

"E daí se ele fumar um pouco?", respondeu Lucy.

"Eu disse 'demais'."

Lucy encolheu os ombros, ela não era muito de nuances.

"Quando vai vê-lo de novo?"

"Ele vem aqui amanhã."

"O que você vai dizer?", Lucy queria saber.

"Eu vou dizer isso..." Ela tomou um gole de vinho para lubrificar a garganta e recitou como se tivesse aprendido as palavras de cor: "Decidi aceitar a sua oferta. Seria adorável fugir. Mas essa é uma viagem de família, por isso vamos como amigos. Não vamos dividir uma cama."

Lucy bufou. "Você não pode dizer isso!"

"Porque não?", perguntou Trudy na defensiva.

"Acha mesmo que ele ainda vai querer ir?"

"Sim."

"Coitado. Você vai estar com o seu novo biquíni deitada à beira da piscina, e ele só pode olhar?"

"Ele vai ficar bem. Vai entender."

"Sim, ele vai entender que o mundo é um lugar cruel."

"Eu transo com ele quando voltarmos."

"É, isso vai servir."

Ambas riram.

"Espero que a Megan goste dele", opinou Lucy.

As gargalhadas pararam com a perspectiva de uma Megan infeliz.

Lucy viu a preocupação pairando no rosto da amiga.

"Tenho certeza de que ela vai ficar bem", insistiu ela apressadamente, "sol, mar, ar, castelos de areia".

Trudy sorriu, "Sim", mas o seu coração não estava convencido.

CAPÍTULO NOVE

O voo deles saía de Heathrow pela manhã, então Justin havia reservado um hotel perto do aeroporto para a noite anterior. Ele queria evitar qualquer atraso de última hora ou situações que causassem estresse, e, como um bônus, achou que seria um deleite para a garotinha.

Justin estava acostumado com hotéis, gostava deles geralmente. Mas nunca tinha tido a necessidade de ficar em uma suíte familiar antes. Nem nunca tinha passado a noite com uma criança.

Quem diria que elas demoravam tanto tempo fazendo tudo, mesmo as tarefas mais simples? Ou que podiam fazer tanta bagunça em um banheiro?

E para piorar tudo, Megan se recusou a dormir porque o teto era muito alto.

"O teto é muito alto? Você está brincando", pensou ele, enquanto Trudy optou pela abordagem mais madura de garantir a uma criança em ambientes desconhecidos que tudo era perfeitamente seguro e que não existiam monstros no teto.

Só quando foi permitido a ela subir na cama *king size* é que ela se sentiu segura. Justin não podia deixar de se perguntar se a conversão milagrosa estava ligada a ela ter a cama maior. Talvez esse tinha sido o plano dela o tempo todo, ele pensou com cinismo.

"Quão desonestas são as crianças de quatro anos?", ele se perguntou, *"e onde é que eu vou dormir?"*

Justin não dormia em uma cama de solteiro há muitos anos. Ele se revirou até ser acordado ao amanhecer porque a garota estava de pé e não queria ficar quieta.

Primeiro, queria ir ao banheiro, depois queria café da manhã, em seguida queria uma história, e contava constantemente com a ajuda da mãe para tudo.

"Essa garota precisa endurecer", ponderou Justin enquanto fingia dormir.

Ele não levou em conta a tenra idade dela. Não percebeu que realmente fazia muita diferença.

"Mesmo assim", consolou-se, *"as coisas vão melhorar quando chegarmos lá"*.

CAPÍTULO DEZ

Justin estava dormindo, sonhando com Trudy, mas uma voz distante estava tornando difícil para ele se concentrar no objeto dos seus desejos. Soava como se ele estivesse ouvindo um rádio através de uma parede.

"Senhor, senhor, pode acordar, por favor?"

Ele franziu a sobrancelha e puxou o braço mais em volta da cabeça.

"Senhor, senhor."

Lá estava ele outra vez.

Abriu os olhos. Uma aeromoça estava inclinada sobre ele. A expressão dela sugeria que queria balançá-lo sem muito cuidado.

"Pode acordar, por favor, senhor? O senhor está babando na senhora ao seu lado, e ela não está gostando."

"Desculpe", ele sussurrou para sua companheira de viagem.

Uma mulher de meia-idade olhou de volta para ele. Ela passou um lenço de papel de maneira teatral pelo ombro, no que ele presumiu ser a sua saliva.

Justin sorriu com timidez e limpou a boca.

"Desculpe", repetiu ele.

Ela não disse nada, só o olhou de relance.

Ele se inclinou para frente no assento para olhar pela janela, mas também para não a ver o encarando.

Havia apenas escuridão para além do vidro. Ele olhou fixamente. As suas costas doíam por ter dormido sentado em um assento minúsculo. Isso ele podia aguentar, era melhor do que enfrentar a sua acusadora.

Justin permaneceu curvado para a frente até que as dores no centro das suas costas se tornaram demais para suportar. Ele provavelmente já estava perdoado, raciocinou.

Tentou voltar para uma posição melhor.

No entanto, a passageira injustiçada ao seu lado não tinha nada melhor para fazer. Ela estava em alerta máximo e estava determinada a não compartilhar o apoio de braço com um indivíduo tão desagradável. Se possível, ela planejava arruinar o resto do voo dele da maneira que pudesse. Para ela, isso era pessoal.

Justin desistiu. Parecia que estava intimidando uma aposentada, não se sentia bem.

Além disso, eles estavam sentados juntos há duas horas. Durante a primeira hora, ele tinha tentado, bêbado, envolvê-la em uma conversa. Durante a maior parte da segunda, ele a usou como almofada contra a vontade dela.

Agora era a hora da vingança.

"É justo", ele pensou.

Ele olhou de novo para a janela. Tudo o que viu foi o reflexo do interior do avião. A mulher ao seu lado bufou baixo.

"Tudo bem, querida, agora você está exagerando", queria dizer.

Ele olhou para o outro lado do corredor do avião. Ali estavam eles, os seus companheiros de viagem.

O mais longe dele, descansando a cabeça na janela, era Philip.

Até agora, Philip só tinha falado em grunhidos monossilábicos. Ele usava um pedaço de franja preta permanentemente colada ao rosto, e o capuz do seu moletom do Megadeth estava sempre levantado. Era difícil ter certeza do que estava escondido por baixo.

Ele usava esmalte preto nas unhas, e Justin tinha certeza, quando ele foi forçado a tirar a franja para o agente da alfândega, que notou um pouco de delineador.

Ele ainda não conhecia bem Philip. Assumiu que ele estava de posse de todas as suas faculdades mentais.

Bem, ele tinha um passaporte. Justin supunha que se ele fosse um maníaco homicida o seu pedido de passaporte teria sido rejeitado.

E, pensou que, se de alguma forma ele tivesse escapado da rede ali, certamente teria sido detido por uma dos numerosas checagens de segurança pelos quais passaram em Heathrow.

"Ainda assim", pensou Justin, *"pelo menos ele não pede muito"*.

No meio, aconchegada ao irmão mais velho, Megan estava dormindo.

Ela era tão pequena que se encaixava no assento da companhia aérea como se fosse uma cama. Parecia um anjo, Justin podia ver facilmente como havia se enganado tanto em relação a ela.

"Mas foi bastante injusto", ele não conseguia deixar de pensar.

Até ontem eles só tinham se encontrado uma vez, na viagem de compras de Natal. Ele presumiu, de forma insensata, que tinham se separado como amigos.

A verdade é que, assim que lhe foi negada a permissão para comandar o controle remoto na suíte, ela odiava ele e tudo o que ele representava.

Se fosse honesto consigo mesmo, tinha ficado bastante abalado com a altura dos gritos dela.

Então, essa manhã, ecoando pelo aeroporto, parecia a Justin que ela conseguiu gritar ainda mais alto do que na noite anterior.

Tudo porque ela deixara a sua boneca no táxi.

Justin havia precisado se retirar para o bar para organizar seus pensamentos.

"Eu sei que ela é apenas uma criança", pensou ele, tomando um uísque às oito da manhã, *"mas eu lhe disse várias vezes para cuidar das suas coisas. É como se ela pensasse que você diz as coisas por dizer!"*.

Mesmo assim, ela estava dormindo agora, e se uma pessoa não soubesse, provavelmente pensaria que ela era um anjinho.

Não os outros passageiros, claro. Era tarde demais para os enganar. Eles não tinham ilusões de como aquela demoniazinha fofa podia ficar histérica.

O olhar de Justin recaiu sobre o terceiro passageiro da fila.

No banco do outro lado do corredor, sentava-se a adorável Trudy. Ela estava tão perto, que ele podia tê-la tocado. Não que se atrevesse. Ele arriscou outra reclamação da senhora o esmagando e se inclinou um pouco mais para frente a fim de roubar uma visão do rosto de Trudy. Ele rapidamente se sentou de volta.

"Isso não é bom", ele teve que admitir.

Ela não estava, de fato, chorando. Não exatamente.

Trudy tinha capturado o seu movimento pelo canto do olho. Ela se virou para olhar para ele.

Ela tentou um sorriso, mas não enganava ninguém. Justin estava assustado, e forçou um sorriso de volta. O que mais podia fazer?

"O que há com ela?", perguntou ele com razão.

"Ela está bem", disse ele a si mesmo. *"Vou fazer o clássico inglês e fingir que não reparei."*

Então Trudy falou. "Em breve estaremos lá", ela murmurou no corredor.

Ele tentou pensar em algo para dizer.

Algo além de: "Você estava chorando?", mas ele não tinha nada, não conseguia pensar em uma única coisa que não tivesse as palavras "chorar" ou "chorando".

Ela esperou. Deu-lhe a oportunidade de inventar algo, de começar uma conversa.

Depois de uma longa e estranha pausa, Trudy perguntou: "Você já consegue ver alguma luz?"

"Claro! Eu deveria ter falado sobre o feriado, idiota!", ele se repreendeu enquanto se torcia no lugar.

Ele deu uma olhada rápida através da janela. "Ainda não", respondeu.

Ela meio que sorriu de novo, mas definitivamente parecia melhor.

"Você está bem?", ele se sentiu obrigado a perguntar. Esperava que ela também jogasse de acordo com as regras inglesas e afirmasse estar bem, independente do que as provas sugerissem.

"Estou bem", respondeu ela e virou-se para o lado.

"Boa menina", pensou, e tentou deixar para lá, mas a realidade tinha acabado de ver a fria luz do dia.

"Ela está à beira das lágrimas, pelo amor de Deus." A sua mente não o deixava descansar.

"Ela disse que está bem", ele contra-argumentou.

A passageira que monopolizava o apoio do braço tinha acompanhado a troca de perto. Estava olhando para ele, queimando um buraco no lado da sua cabeça até ser impossível de ignorar. Ele olhou para ela tempo suficiente para vê-la balançar a cabeça.

"Essa relação está condenada", ela esperava transmitir. *"Ela já está chorando, e vocês nem sequer saíram do avião!"*

Justin balançou a cabeça discretamente de um lado para o outro. Ele lhe deu um sorriso de reconhecimento.

"É aí que você se engana", disse o sorriso.

Ela bufou dramaticamente e se virou para a janela.

Ele olhou de relance para Trudy. Mais uma vez, ela tinha a cabeça enterrada nas mãos. Ele não se atreveu a olhar. Ela podia estar em lágrimas.

"Podia estar? Olhe para os ombros dela, estão tremendo! Vai, olha!' exigiu a sua consciência.

"Ela está bem", disse a si mesmo.

Ele arriscou um olhar rápido, uma confirmação. Ela ainda estava sentada com a cabeça enterrada nas mãos.

"Ela disse que estava bem", assegurou ele, optando por ignorar as provas dos seus próprios olhos.

Como distração, ele olhou em volta do avião. Tentou se convencer de que tudo estava bem, embora tivesse que admitir que as coisas não estavam começando exatamente da melhor forma.

Ao seu lado, pelo canto do olho, ele sentia que a passageira o olhava de novo. Desafiando-o a encontrar o seu olhar desaprovador. Ele fechou os olhos, negando-lhe o contato.

"Um ponto para mim, penso eu", pensou ele, de maneira infantil.

CAPÍTULO ONZE

Estava tudo em paz. Justin estava sentado em um cobertor branco com Trudy. Ela estava usando com um vestido de algodão e estava absolutamente linda. Era um lindo dia de sol. Estavam comendo morangos e riam juntos de uma piada que ele não conseguia lembrar.

Ela estava acariciando o seu braço como só os amantes fazem. Agora ela o estava puxando. Ele franziu a sobrancelha. O puxão se tornou mais insistente. Ele foi forçado a reconhecê-lo. Seus olhos se abriram, e o sonho desmoronou e morreu.

"Senhor, eu já avisei." A aeromoça lhe fixou um olhar fulminante. "O senhor está babando nos seus companheiros de viagem outras vez." Ela estava fazendo pleno uso de seu treinamento, usando o sorriso fixo que faz praticamente parte do uniforme de uma aeromoça e meio sussurrando para não atrair atenção indevida.

Justin tinha acabado de acordar. Ele nunca estava bem logo que acordava.

"O quê?", perguntou ele, limpando a boca.

"Tão rude", reclamou a mulher que o esmagava no corredor.

"Desculpe", murmurou.

Os olhares que ambas lhe deram fazia parecer que o pedido de desculpas não havia sido totalmente aceito.

Ele se endireitou e jurou ficar acordado. Não se atreveu a adormecer de novo. Parecia haver consequências.

"Mas o que eles vão fazer?", pensou ele. *"Eles não podem me atirar do avião."*

Mesmo assim, parecia uma questão de princípio agora. Justin estava determinado a permanecer acordado até que aterrissassem em Marraquexe em segurança.

A cabeça dele balançou para a frente, despertando-o. Isso não seria fácil.

Disfarçadamente, ele beliscou suas coxas. Podia sentir a mulher olhando para ele. Ele olhou para o outro lado. Ela fez com que ele visse o seu olhar enojado deslizar até as mãos dele, depois de volta para o rosto,

"Eu vi você", o seu olhar acusou. *"Eu vi você se beliscando, seu esquisito."*

Justin queria dizer "me desculpe" e lhe atirar um sorriso. Mas tinha dormido tão pouco ontem à noite. Estava cansado demais para dizer uma palavra. Os olhos começaram a se fechar. Ele se beliscou outra vez.

A mulher bufou muito alto. Ela o tinha visto.

A tensão no pequeno espaço do avião era palpável.

Na fila de assentos do outro lado do corredor, um gemido de desagrado aumentou de volume. A sensação de tensão se espalhou pela cabine como fogo selvagem. De forma muito rápida, o gemido se transformou em um lamento penetrante.

De repente, o zumbido dos motores, e até mesmo o filme de ação em volume alto, não eram páreo para os gritos.

Megan estava acordada. Ela havia passado bem rápido de um lamento de irritação para uma série de gritos que sugeriam que ela temia pela sua vida.

Era pouco provável que Justin adormecesse agora. Ele viu a aeromoça de quem menos gostava vir na direção deles.

"Moça", chamou ele, "posso tomar um café?"

Ele não queria pedir álcool. Só conseguia adivinhar o julgamento que tal pedido colocaria na sua cabeça.

"O café acabou", ela ladrou para ele enquanto passava.

"Isso é bom", pensou ele. *"Sem 'senhor' e sem café."*

Ele tentou bloquear os gritos. Todos eles tentaram. Todos no avião, mas muito poucos conseguiram.

Trudy estava cuidando da filha. Justin podia ver a boca dela se mexer, mas as palavras eram perdidas. No entanto, elas estavam tendo efeito. A gritaria abrandou, perdeu a força e abaixou um pouco de volume. Agora podia ser descrita como um soluço intermitente e alto.

Justin olhou para o avião. Nem um passageiro estava disposto a encará-lo. Eles continuavam sentados e olhavam fixamente revezando entre suas mãos e as costas do assento da frente. Sem dúvida, todos eles, todos e cada um, desejavam que essa viagem tivesse terminado.

Quando o barulho parecia prestes a parar, alguns passageiros começaram a olhar um pouco em volta. Não conseguiram evitar.

"Ela vai parar", os olhares sugeriam.

"As coisas vão ficar bem", ousaram pensar.

"A sua filha está bem?", perguntou uma pessoa corajosa à Trudy. Quando Trudy olhou para cima, outra pergunta lhe foi feita: "Você está bem? Você não parece bem!"

Trudy estava prestes a responder.

Sem aviso, as fileiras de luzes apareceram ao longo do comprimento do interior do avião. A aeronave balançou e vacilou de modo inesperado.

Os gritos de Megan encheram a cabine.

Houve um estalo alto e áspero, e a voz do capitão veio até eles. Ele podia ser ouvido por cima dos gritos da criança, se alguém se concentrasse com força suficiente.

"Senhoras e senhores, por favor apertem os cintos de

segurança. Estamos prestes a experimentar um pouco de turbulência."

O avião balançou e trepidou. Megan gritou a plenos pulmões.

Justin sorriu para a mulher ao seu lado.

"Pode ser que a viagem seja agitada", disse ele.

Ela olhou para ele, bufou, balançou a cabeça e olhou para o lado.

Os olhos de Justin recaíram sobre Trudy. Ela estava tentando embrulhar um cobertor ao redor de Megan, que estava gritando e lhe dando pontapés violentos.

"Senhoras e senhores, por favor, preparem-se para turbulência extrema", anunciou o capitão.

Enquanto eles desciam em queda livre, os gritos de Megan enchiam todo o avião. Justin a viu derrubar o cobertor no chão a pontapés.

"Por favor Deus, faça ela parar", repetiu mentalmente várias vezes enquanto eles mergulhavam pelo céu.

Aparentemente contra todas as probabilidades, o piloto conseguiu recuperar o controle e o avião nivelou. Teria sido digno de uma salva de palmas se os passageiros não estivessem tão abalados.

Ao aterrizar, a triste atmosfera de derrota se dissipou. Uma determinação férrea tomou seu lugar entre os ocupantes do avião.

Claramente, agora era cada homem, mulher e criança por si. Era possível sentir isso no ar.

Justin preparou-se para desembarcar.

Ele queria chamar a atenção de Trudy, dar-lhe um sorriso. Deixá-la saber que ele estava bem, ela não precisava se preocupar com ele.

Trudy não conseguia olhar para Justin. O rosto dela estava roxo apoplético; ela estava mesmo no limite.

"Parece que Megan a chateou", ele supôs, incorretamente.

Ele olhou para cima e para baixo do corredor. Zombou em particular daqueles que se apressavam para recuperar a bagagem.

"Amadores, plebeus, devem sempre enfiar tudo no porão de carga." Ele não tinha nenhuma mochila, nenhuma parafernália, nada. Só tinha que vestir o casaco e esperar que abrissem as portas.

"Pode pegar isso?", Trudy ladrou para ele.

"O quê?"

"Levanta", ela sibilou com raiva.

Parecia uma derrota, mas ele fez como mandado. Ela o encheu de coisas sem olhar para ele. Livros para colorir, embalagens de bebidas vazias, canetinhas.

Não era isso que ele estava esperando.

Uma das canetas não tinha tampa. Apareceu tinta vermelha na sua mão e na frente da camiseta.

Ela não tinha lhe dado muito para carregar. Mas tudo tinha formas estranhas. Era embaraçoso.

Depois, sem avisar, Megan começou a lhe dar pontapés.

"Sai!", disse irritada. "Sai, eu quero passar!"

Ela agarrou o joelho de Justin e deslizou para a frente do seu assento. Ela atirou suas pequenas pernas pela curta distância até o chão.

"Sai!" repetiu ela.

Justin instintivamente afastou as pernas para evitar pontapés.

"Não deixe ela passar", disse Trudy com raiva.

Megan tentou forçar passagem entre os passageiros.

"Espera", sibilou Justin, agarrando-a pelo pescoço.

Percebendo que não havia como atravessar a multidão impaciente, ela permitiu ser detida. Mas não estava feliz com isso. Começou a gritar.

Justin mostrou um sorriso aleatório ao mar de rostos carrancudos se virando para ele.

Ela gritou até ao balcão da alfândega.

"Passaportes", exigiu o oficial fardado.

Trudy olhou para Justin. Ele soltou a mão de Megan e ela imediatamente correu em direção à mãe. Todos observaram enquanto ele dava palmadinhas no bolso. Ele fez malabarismos com o braço cheio de livros e canetas, deu palmadinhas nos outros bolsos.

O homem da alfândega permitiu que ele fizesse todo o processo. Quando começou a revistar os mesmos bolsos pela segunda vez, no entanto, ele agiu.

"Afaste-se", ordenou ele.

Só depois de todos os outros passageiros terem passado pelo controle de passaportes é que eles receberam atenção novamente. Uma moça com um uniforme azul claro se aproximou.

Ela sorriu, nervosa, para Trudy. Olhou com suspeita para Megan e Philip. Depois se dirigiu a Justin.

"Você tem os passaportes?", perguntou ela.

"Eu estava com eles no avião", respondeu ele.

Ela acenou com a cabeça como se entendesse.

"Você está com eles agora?", ela reformulou sua pergunta original.

Justin apalpou a si mesmo outra vez.

"Eu estava com eles no avião", repetiu ele.

Ela sorriu para ele.

"Talvez você os tenha deixado cair?", sugeriu ela.

Justin percebeu que os estava segurando quando Trudy empilhou as coisas de Megan.

"Sim", disse ele radiante. "Eles estão no avião. Eu me lembro."

"No avião?", repetiu ela, em dúvida.

"Sim", insistiu ele, "Eu me lembro."

A moça estava balançando a cabeça, mordendo o lábio e franzindo o rosto.

"No avião?" repetiu ela, soando terrivelmente insegura de que tal cenário era provável.

"Sim", insistiu ele, "Eu me lembro."

Ela ainda balançava a cabeça, parecendo muito em dúvida, mas pegou um telefone e, quando foi atendida, tagarelou algo rapidamente, em árabe.

Os olhos dela nunca deixaram Justin enquanto ela falava. Claramente, ele era o tema da conversa, e ele tinha uma sensação horrível de que não estava se saindo muito bem.

"Pode acontecer a qualquer um", ele meio que murmurou.

Ela lhe deu um meio sorriso. Era difícil imaginar uma expressão facial mais sarcástica.

A ligação durou muito mais do que seria necessário, mas como Justin só falava inglês, ele não fazia ideia. Ela podia estar falando com a mãe sobre o tempo, pelo que ele sabia.

Vinte minutos depois, foi permitido a ele voltar a bordo do avião para procurar os passaportes. Ele se dirigiu diretamente para a área onde Trudy e as crianças tinham estado sentados. Ele enfiou o braço tão fundo na lateral do assento que quase não conseguiu tirá-lo de novo. Ele procurou bem, mas não encontrou nada.

Depois, com um ar desconcertado e com muito menos entusiasmo, procurou na área em que estava sentado. Não havia nada. Ele se levantou e coçou a cabeça.

"Estranho", pensou ele.

Ele olhou para o fim do avião e viu a moça de uniforme o observando. Ele sorriu para ela. Ela lhe deu o meio sorriso sarcástico. Ela realmente sabia como fazer aquilo; ele ficou impressionado.

Demorou mais vinte minutos para se certificar de que eles não estavam lá.

"Isso é muito estranho. Eu estava com eles. Eu sei que estava."

Ele foi, de modo atrapalhado, em direção à moça à espera.

"Não consigo encontrá-los", disse ele. "Eu estava com eles. Eu sei que estava."

Ele parecia derrotado.

"Talvez a limpeza pegou?", sugeriu ela.

Justin olhou para ela abismado. Ela estava mexendo nas unhas elegantes.

"Você não podia ter dito isso antes?", pensou ele. *"Você me assistiu por todo esse tempo. Não podia ter dito algo mais cedo?*

"Sim, talvez", concordou ele, "Nós devíamos perguntar."

Ela lhe atirou outra vez o meio sorriso. Ele não ficou impressionado agora; na verdade, achou aquilo irritante.

Então, marcharam em fila em silêncio de volta ao saguão principal. Não havia necessidade de palavras. Justin a seguiu, e ela, sem dúvida, simplesmente se dirigiu até os gritos que ambos sabiam que só podia ser de Megan.

Uma vez reunido, o pequeno grupo seguiu fazendo barulho até o outro lado do aeroporto.

"Nada 'qui", respondeu a faxineira ao seu inquérito.

O tempo todo, ela estava olhando para Megan.

"O que errado, menininha?", perguntou ela, agachada.

Em resposta, Megan aumentou o volume.

"Talvez achados e perdidos?", sugeriu a faxineira, apressando-se para se levantar.

Eles começaram a longa marcha de volta.

Justin estava carregado. Ele tinha a sua mala mais a de Trudy, para que ela pudesse carregar a filha. Quando eles estavam a meio caminho, Trudy parou.

"Vamos esperar aqui", anunciou ela, sentando-se em um banco de plástico.

"Ok", concordou Justin.

Ele deixou as malas com ela e continuou.

Ele permaneceu desanimado na mesa dos perdidos e achados enquanto a atendente saía em busca da bolsa com o seu passaporte.

"Ela não vai encontrar", disse ele a si mesmo. *"Eu não me surpreenderia se ela nem sequer voltasse."*

Justin deu uma olhadela pelo enorme edifício vazio. Ele podia ver Trudy na sua cadeira de plástico.

"Deus, ela é gostosa", lhe passou pela cabeça.

Megan tinha parado de berrar e agora chorava no pescoço da mãe. Philip ficou ao lado delas, com a cabeça curvada, a franja escondendo o rosto. Os dedos dele corriam pela tela do celular.

"Pelo menos ele não se queixa", pensou Justin.

"É isso?", a moça voltou da sua busca.

Justin saltou ao ser abordado de forma tão inesperada.

Ela estava segurando a bolsa com o seu passaporte.

Ele deu um sorriso largo. Afinal de contas, todo o trajeto do aeroporto não tinha sido em vão. O pessoal que ele estava convencido de que era completamente inútil, acabou triunfando.

"Sim", ele confirmou com alegria. "É isso."

Ele podia tê-la beijado.

Ela lhe entregou um formulário para assinar e a bolsa de tecido. Ele abriu o fecho e procurou entre os passaportes, revelando o terço superior das capas vermelhas duras.

Ele começou a marcha triunfante em direção à Trudy.

"Aqui estão eles", declarou ele, sorrindo. Ele sabia que as notícias iriam animá-los.

"Hum", murmurou Trudy.

"Aqui está o quê?" perguntou Megan.

"Os nossos passaportes."

"Ah."

Philip nem sequer olhou para cima.

Justin tinha mais boas notícias.

"Bem, e isso aqui?" Ele tirou uma folha de papel dobrada do saquinho.

"É um pedaço de papel", disse Megan.

Ele estava recebendo sarcasmo de uma criança agora.

"Não", ele forçou um sorriso, "é um voucher do ônibus de turismo."

Olhares o encararam.

"Vamos pegar um ônibus?", perguntou Trudy.

"Sim, vamos procurar por ele", respondeu, derrota pesando em seu tom.

"Deve haver uma placa", sugeriu Trudy.

"Ali!", Megan apontou para uma fila de placas suspensas. Uma das quais continha a fotografia de um ônibus.

A informação estava em inglês e árabe.

"Ônibus para a esquerda", o sinal anunciava, ajudado por uma seta gigante amarela.

"Aqui vamos nós", disse ele. "Por ali."

Eles marcharam em silêncio em direção à grande porta de vidro, e Justin os levou para o ar quente da noite. Eles viraram à esquerda como a seta instruiu e quase de imediato Justin viu pequenos pontos cobertos numerados. Ele teve que admitir que o sistema de sinalização era impecável.

Podiam existir pontos, mas não havia ônibus. Nem veículos, na verdade, nem pessoas.

"Engraçado, seria de esperar que estivesse mais ocupado", observou Justin.

Ele parou e desdobrou a sua folha de papel.

"Devia estar no ponto número oito." Havia um tom de surpresa na sua voz.

Todos eles olharam para o ponto número oito. Não havia ônibus. Não havia ônibus em nenhum os pontos.

"Talvez ainda não esteja aqui", sugeriu Justin.

Trudy lhe deu um olhar de desdém sem nem se dar ao trabalho de tentar esconder.

A lua estava alta. O ar da noite estava preenchido com o aroma das primaveras e o som das cigarras. Era um mundo longe do norte de Londres, idílico mesmo, se você ignorasse o fato de que eles estavam encalhados.

"O que é que vamos fazer agora?", Philip queria saber.

A sua situação foi momentaneamente esquecida com a surpresa por ele fazer uma pergunta. Pareciam as primeiras palavras que ele tinha dito o dia todo.

"Você está bem, querido?", perguntou a mãe.

Megan tinha se afastado um pouco. Ela podia ver à volta do prédio do aeroporto a partir do seu novo ponto de vista.

"Táxis!", anunciou ela.

Eles correram para se juntar a ela, e, com certeza, em uma parte do aeroporto bem iluminada e movimentada, havia uma fila de Mercedes brancas brilhantes com pequenas luzes amarelas no topo.

"O que aquelas pessoas estão usando?", Megan queria saber.

"São hijabs", respondeu a mãe.

"Eu quero um", anunciou a criança.

"Espere!", ladrou Trudy. "Segure a minha mão! Vamos pegar um táxi", disse ela.

Justin acenou com a cabeça.

Ele forçou um sorriso e se aproximou da praça de táxis. Trudy seguiu alguns passos atrás. Megan se arrastava ao seu lado, deslizando os pés através do calçamento, atrasando a mãe. Philip vinha atrás, olhando para o celular.

Quando Justin se aproximou da frente da fila, a porta de um carro voou aberta. Um homem enorme com a cabeça cheia de cabelo preto, brilhante e grosso saltou para fora. Ele deu um grande sorriso, "Inglês?", perguntou.

"Sim", respondeu Justin.

O homem produziu um grande lenço de algodão branco e tirou o pó imaginário do seu gorro de uma forma estudada. "Quer ir à cidade?"

"Sim."

"80 diremes", disse ele.

Justin acenou com a cabeça, grato. "Está bem", respondeu ele.

A bagagem deles foi colocada no porta-malas enquanto Trudy e os seus filhos subiam para o banco de trás.

Justin se sentou ao lado do motorista. Ele o viu girar a chave e dar marcha ré sem necessidade.

"Aonde quer ir?", perguntou o taxista enquanto dirigiam para longe do aeroporto.

Justin pegou a sua folha de papel. Ele havia tido resultados mistos com ela até agora, mas não tinha outra escolha a não ser perseverar.

"Riad Rahba", ele pronunciou as palavras com cuidado. Ele esperava que o motorista lhe dissesse que não havia tal lugar e os jogasse para fora do seu veículo.

"Ahhhh, Riad Rahba", o homem sorriu enquanto apertava sua buzina contra uma moto. Ela tinha manobrado por um espaço minúsculo a centímetros do pneu da frente.

Ele se virou para Justin. "Sem problema", disse, alegre.

Justin sorriu nervosamente; ele preferia que o homem vigiasse a estrada.

"Não tem cinto de segurança", disse Megan em voz alta.

"Nós não temos", disse o motorista.

"Eles não têm cintos de segurança", repetiu Megan maravilhada. Tal perspectiva nunca tinha lhe ocorrido.

"Mamãe, eles não têm cintos de segurança."

Trudy passou um braço em volta da filha.

"Eu vou ser o seu cinto de segurança", disse ela.

Megan sorriu.

O trânsito estava pesado, e Justin sentiu que estavam muito perto do carro da frente.

"É longe?", perguntou ele.

"Riad Rahba não está longe", respondeu o motorista, de maneira simpática .

Ele se virou para encarar Justin ao seu lado.

"Bem-vindo ao Marrocos."

"Obrigado", disse Justin, olhando, nervoso, para a frente,

tentando levá-lo a observar a estrada sem criticar a sua condução.

Eles estavam correndo. Parte de quatro faixas de tráfego, todas em direção ao leste. Havia um monte de buzinas soando. Os veículos vinham em todas as formas e tamanhos. Um jovem de patins se atirava pelas pistas com uma habilidade ousada. Um caminhão gigante tentou virar à esquerda. Pandemônio reinava.

Era bizarro que o motorista deles parecesse pensar que olhar para onde ia era desnecessário.

Ele se virou para se dirigir aos passageiros no banco de trás.

"Bem-vindos a Marraquexe." Ele ainda não tinha parado de sorrir.

"Obrigado", respondeu Trudy.

"Mamãe, está me machucando", disse Megan.

Ela não tinha percebido que estava agarrando o braço da filha com tanta força.

"Desculpa", murmurou ela, soltando-a.

Trudy estava habituada ao trânsito de Londres, mas nunca tinha visto nada assim. Ela tentou não olhar.

"Para de olhar para mim, mamãe", Megan franziu a sobrancelha.

"Desculpa", ela murmurou outra vez.

Depois de um tempo, o táxi começou a diminuir. Então, o simples volume de tráfego fez com que eles logo fossem reduzidos a rastejar. Justin avistou alguns camelos vagando por baixo das palmeiras.

"Olha!" disse ele com entusiasmo. "Camelos."

Megan puxou a cabeça de trás do braço de Trudy com essa informação. Mas ela demorou tanto a olhar na direção certa, mesmo àquela velocidade, que os camelos já estavam em algum lugar à distância quando ela conseguiu se orientar.

"Quero ver os camelos", choramingou ela.

"Olha", Justin tentou uma técnica de distração.

Ele apontou para o céu, e desta vez ela seguiu o dedo dele

com os olhos. Pareciam estrelas caindo no chão. As luzes azuis neon deixando um rastro enquanto caíam. Luzes de brinquedo sendo catapultadas para o céu noturno. Subindo e descendo novamente.

Megan tinha quatro anos. Ela não podia deixar de ficar impressionada.

"O que são?", perguntou ela espantada.

"Parecem estrelas cadentes", ele lhe disse.

"O que são estrelas cadentes?"

Justin não se deu ao trabalho de explicar.

"Acho que são brinquedos", disse ele em vez disso.

"Posso ter um?", veio a resposta óbvia.

"Veremos", interrompeu Trudy.

Os brinquedos de neon emanavam de uma multidão em uma praça gigante para onde o táxi se dirigia. Milhares de pessoas vagavam em volta. Homens, mulheres e crianças de todos os tipos, de todos os cantos do globo.

Havia filas de carroças pintadas de cores brilhantes, exibindo alimentos aromáticos e bebidas geladas. Havia bateristas africanos, dançarinos espanhóis e turistas de várias partes.

Os encantadores de cobras ofereciam fotografias com cobras e pítons. Mulheres idosas ofereciam tatuagens de henna.

Tudo era negociável. Nada parecia ser permanente. Era o epítome do caos organizado.

De repente, o táxi parou. O motorista saltou com uma velocidade impressionante e, num instante, retirou a bagagem da mala e a empilhou na calçada.

Uma multidão foi na direção deles. Trudy foi a primeira a sair. Ela estava preocupada que as malas fossem roubadas. O pequeno grupo confuso desceu do carro atrás dela. Megan correu até a mãe e se agarrou às suas pernas. Ela parecia pronta para acionar o seu alarme especial de pânico, pensou Justin.

O motorista abriu caminho através de um bando de crianças em direção a Justin. Ele esticou a mão e sorriu.

"Oitenta diremes", disse ele.

Justin pagou a quantia acordada e o motorista pulou para trás do volante, virou a chave e começou a dar marcha à ré. A multidão se afastou do capô do seu carro.

Trudy enfiou a cabeça freneticamente pela janela para evitar que ele saísse.

"O hotel?", perguntou ela.

Ela não conseguia ver hotel nenhum.

"Da da."

Ele apontou vagamente para a direita. Uma rua estreita saída da praça principal.

"Da", ele sorriu orgulhosamente, "Riad Rahba".

Enquanto ela se erguia para olhar ele se afastou, desobstruindo o caminho à sua frente. A multidão retornou como uma onda depois que ele passou. As crianças com as mãos estendidas, em particular em torno de Justin, repetindo uma palavra desconhecida para os visitantes ingleses. Megan começou a berrar.

De repente, uma voz alta se elevou acima de todas as outras.

"Para trás!", alguém gritou em inglês em um tom surpreendentemente alto para um homem adulto.

O estranho se aproximou, sorrindo. Ele repetiu a sua ordem. Justin tapou os ouvidos. O indivíduo superou até mesmo Megan, algo nada fácil.

"Para trás", o seu tom alto cortou o barulho.

Ele gesticulou para Justin com dois polegares para cima e um sorriso radiante que só parecia enfatizar a sua falta de incisivos.

"Ei? Inglês, eu falo inglês. O que você acha disso?", perguntou ele.

Justin sorriu e devolveu os polegares para cima com ambas as mãos.

O sorriso do homem desapareceu para ser substituído por uma careta de natureza muito mais intimidante. Ele correu através da multidão, principalmente de crianças, balançando seus braços. Não se esforçou demais para fazer contato, e os garotos de rua não se ofenderam muito. Eles facilmente se mantiveram além do seu alcance. Mas ele estava fazendo diferença. A multidão diminuía. Ele parou ao lado de Trudy.

"Eu falo inglês", disse ele de novo.

Ele virava a cabeça de um lado para o outro. Estudando os recém-chegados com o seu sorriso radiante e seus dentes irregulares.

"Estamos à procura do Riad Rahba?", se aventurou Trudy.

"Eu vou levar vocês", exclamou ele, quase antes das palavras terem saído da boca dela.

"Tem certeza?", respondeu ela em dúvida.

"Claro, linda senhora. Salim vai levá-los." Ele bateu os calcanhares de forma militar.

"Você é o Salim?", perguntou Justin.

"Eu sou, e você é?"

"Justin", disse ele. Ele se aproximou para apertar a mão de Salim. "Prazer em conhecê-lo, Salim", acrescentou ele, falando a verdade.

"Esta é a Trudy", gesticulou ele. Salim olhou para ela.

"Olá", disse ele.

"Olá", respondeu ela.

"Este é o Philip", anunciou Justin.

Philip parecia entusiasmado por ter a ajuda de Salim. Ele devia estar, porque reconheceu a presença do homem.

"Hum", grunhiu ele.

Salim tocou a testa e murmurou algo em árabe.

"E esta é a Megan", disse Justin.

Todos assistiram enquanto o grande homem se ajoelhava e gentilmente fazia desaparecer a mão pequena de Megan dentro da sua mão gigante.

"É uma honra conhecê-la", declarou ele, solene.

Megan tremeu de alegria e permitiu que a sua mão fosse educadamente balançada.

"Ela está enfeitiçada", percebeu Justin. *"Bom, eu mesmo quase o amo neste momento."*

Justin estendeu a sua folha de papel.

"Sabe onde fica este lugar?", ele apontou para o nome.

Salim balançou o dedo.

"Nós não precisamos de mapa. Riad Rahba, eu conheço, todo mundo conhece. É por aqui, venha. Eu vou te dar a visita guiada."

Ele segurou a alça da mala grande e começou a carregá-la. Os poucos garotos restantes se afastaram diante dele. Ele parou e se virou.

"Por aqui", repetiu.

Trudy olhou para Justin.

"Você acha que é seguro?", perguntou o olhar.

Justin sorriu para ela. Ele perdeu completamente a pergunta implícita.

"Ele parece simpático, não acha?"

Ela sorriu. Não um sorriso convincente, mas ela estava cansada e com fome.

Os filhos dela não tinham se mexido. Estavam esperando para ver como as coisas correriam. Se a mãe deles ia realmente fazê-los seguir um completo estranho em uma terra estrangeira. Depois de todas as palestras que ela lhes havia dado, ela pretendia confiar a ele não só a mala, mas as suas próprias vidas.

"Devemos ir com ele?", aventurou Trudy.

"Vai ficar tudo bem", disse Justin.

E ela podia ver que não tinha muita escolha.

"Megan, segure a minha mão", disse ela.

Megan, de maneira surpreendente, fez o que lhe foi dito imediatamente.

Trudy levantou uma sobrancelha espantada em direção a Justin.

"Bom", disse ela, "imagina só isso."

"Estamos tendo um momento", pensou Justin com alegria.

Uma vez que Trudy segurou a filha, ela fez algo que Justin nunca esqueceria. Sem nenhum preâmbulo ou brincadeira, escorregou a sua adorável, macia e bem cuidada mão esquerda suavemente na direita de Justin e com um "Vamos, Philip, não se perca", tinha posto a sua confiança nele.

Grato, ele olhou para ela e sorriu, mas ela não estava pronta para ir tão longe. Era cedo demais depois do fiasco do aeroporto para reconhecer o enorme passo que ela tinha acabado de dar.

O coração dele batia como um tambor; o seu pulso acelerava como um trem expresso. O desejo por ela rasgou cada fibra do seu ser.

"Isso vai ser fantástico", disse ele a si mesmo.

CAPÍTULO DOZE

Salim bateu com a mala deles ao longo de pavimentos irregulares, depois a ricocheteou sobre os paralelepípedos antes de chegar a uma estrada de terra batida, onde ela estava basicamente sendo arrastada.

Trudy ficou horrorizada com o tratamento rude aos seus preciosos bens. Justin não reparou.

Salim estabeleceu um ritmo constante. Não havia tempo para apreciar o ambiente. Diabos, parecia que não havia tempo sequer para olhar para a pessoa ao seu lado.

Justin não ligava. Ele apertou a mão dela.

"Eu sabia que ela me amava", ele se sentia tonto de alegria. "É isso", ele disse a si mesmo alegremente.

Eles seguiram Salim por uma rua estreita após a outra. Eles poderiam facilmente ter andado em círculos. Ele poderia tê-los embalado em uma falsa sensação de segurança antes de os levar para um local isolado, onde seriam roubados e assassinados e os seus corpos encontrados à luz fria do dia.

O pensamento passou pela cabeça de Justin, mas ele, por sensatez, decidiu não dizer nada.

Eles estavam completamente perdidos. Precisavam de Salim agora. Não havia como Justin encontrar o caminho para o Riad.

Ele fez um esforço para exalar indiferença. Fingiu que estavam em um filme.

Passaram por edifícios de gesso cor de ocre, desbotados. Barracas exóticas empilhadas até o alto com bugigangas brilhantes. Panelas de barro gigantes cheias de especiarias aromáticas e pessoas em trajes tradicionais maravilhosamente pitorescos.

"Eu adoro isso aqui", decidiu Justin.

"Eu odeio isso aqui", pensou Trudy.

"É como um cenário de cinema", disse ele.

Trudy olhou para ele, mas se absteve de responder.

"Aladdin", disse Megan.

"Sim", concordou Justin.

Sem aviso, Salim parou.

Teatralmente, ele girou e os contou. Satisfeito por ainda estarem todos presentes e corretos, ele partiu de novo. Dessa vez os conduziu através das multidões. Ele rebolava como uma mãe pata. Eles se mantiveram juntos a ele como patinhos indefesos.

Justin sentiu Trudy segurar sua mão com mais força; ele resistiu ao impulso de olhar para ela. Ele estava preocupado que a atual situação deles pudesse aparecer em seu rosto e assustá-la. Então se satisfez com um pequeno aperto de mão.

Eles seguiram Salim, perguntando-se como tinham vindo parar aqui. Numa terra estranha com um homem mais estranho ainda liderando o caminho.

Aquilo não era nada como o norte de Londres.

Justin adorou.

"Isso é real", pensou ele. *"Eu sinto que estou vivo."*

Ao lado dele, Trudy também pensava muito. *"Ele pode estar nos levando para uma armadilha para matar todos nós",* raciocinou ela.

Trudy apertou a mão de Justin sem perceber que estava lhe causando uma adrenalina sexual. Todo o corpo dele formigou com a perspectiva do que poderia acontecer.

"Estou em uma viagem exótica de mãos dadas com uma mulher linda. Não fica muito melhor do que isso."

Trudy se convenceu de que Salim ia matar todos eles por uma mala cheia de roupas velhas enquanto Justin não fazia nada.

Ela olhou em volta da rua mal iluminada.

"Que lugar horrível para morrer", pensou ela.

Salim parou outra vez.

"Eu dei a vocês a rota cênica", sorriu ele com orgulho.

"Já chegamos?" perguntou Megan.

"É uma verdadeira aventura, não é?", disse Justin.

Trudy guardou os seus pensamentos para si mesma.

Ela se espremeu à frente de Justin. E lhe deu um olhar de reprovação enquanto passava.

"Isso não é uma aventura", seu olhar sugeria.

Justin olhou de volta para ela, perplexo.

"Ela provavelmente está cansada", decidiu ele.

"Essa é a melhor rota cênica de todas", disse Megan.

"Isso é ótimo", pensou Justin.

"Para onde vamos, mamãe?", a voz de Megan rompeu os pensamentos de Justin.

"Para o hotel", respondeu Trudy. Ela não parecia certa, nem convincente. "Não vamos?", ela se virou para Justin em busca de certeza.

"É isso mesmo", Justin sorriu para ela. Ela olhou para o lado.

"Se ele sorrir para mim mais uma vez, eu vou gritar", pensou ela.

"Ela parece cansada", pensou ele. *"Provavelmente toda a animação."*

"Já chegamos?", Megan queria saber.

"Sim, minha princesinha inglesa, já estamos aqui", disse Salim.

Trudy olhou horrorizada enquanto ele batia em uma porta velha e esfarrapada.

"É aqui?", disse Megan.

"É sim", concordou Justin.

Um jovem garoto da idade de Megan abriu a porta. Ele estava vestido com uma túnica branca tradicional e os saudou tão solenemente quanto um senhor idoso faria.

Salim respondeu com uma enxurrada de árabe e no final, a criança puxou a porta e deixou todos entrarem.

O interior parecia estar em condições ligeiramente melhores do que a porta.

Uma pequena mesa estava à frente deles. Nela um telefone fixo à moda antiga, um livro para os convidados assinarem e um cinzeiro transbordando. Atrás dela estava uma poltrona grande, acolchoada, e na parede um retrato do rei.

Justin absorveu tudo aquilo. Só quando olhou novamente é que reparou em uma velha enrugada sentada nas sombras à sua esquerda.

"Eles têm wi-fi?", perguntou Philip com calma.

Todos se viraram para olhar para ele. Ele tinha falado duas vezes desde que desembarcaram.

Houve uma breve pausa antes de Justin responder. "Vou perguntar, tudo bem?"

Philip concordou com a cabeça. Justin esperou com a respiração suspensa por mais algumas palavras, mas não havia mais nada. Talvez ele tivesse usado a sua quota por um dia.

Justin encarou a velha mulher. "Nós temos uma reserva", disse ele.

Ela olhou de volta para ele, a expressão completamente vazia.

"Vocês têm wi-fi?", perguntou ele.

Ela continuou a olhar fixamente.

Salim soltou uma chuva de palavras.

Com um suspiro indignado e uma nuvem de poeira, a

mulher se levantou da cadeira. Ela foi atrás da mesa e folheou o registro.

"Tondidori?", perguntou ela.

"Sim", respondeu Justin, "sou eu."

Outra chuva de árabe de Salim. Mais silenciosa dessa vez, mais devagar, acompanhada do seu sorriso desdentado.

A velha respondeu com algumas palavras.

"O neto dela vai mostrar os vossos quartos", traduziu Salim.

Eles começaram a recolher os seus pertences e se prepararam para serem levados para os seus quartos.

"Então eu vou embora", disse Salim.

"Obrigado", disse Trudy.

"Sim", ele parecia insatisfeito.

Justin deu um passo à frente e pressionou algumas notas na mão do homem. "Obrigado pela sua ajuda", disse ele.

Salim murmurou algo que provavelmente era uma bênção e se virou para sair do pequeno saguão.

Quando ele foi embora, a criança designada os levou para cima até chegarem a um telhado plano. Os lençóis brancos estavam secando na brisa. O garoto se abaixou por baixo deles enquanto atravessava o telhado. Todos eles fizeram o mesmo.

Ele se dirigiu direto a duas portas onde esperou que eles se juntassem, e com um gesto extravagante, abriu ambas ao mesmo tempo. Ele recuou como se esperasse que o seu público aplaudisse.

Trudy enfiou a cabeça pela primeira porta. O nariz dela se enrugou e ela desistiu. Em silêncio, foi olhar para a opção alternativa. Era a mesma coisa, exatamente a mesma coisa.

Camas de solteiro de metal, cada uma coberta com um lençol e um cobertor fino, velho e simples. As instalações e acessórios consistiam de uma pequena cômoda de três gavetas e uma cadeira solitária com encosto duro.

O rosto de Trudy sugeria que ela esperava algo mais luxuoso, embora à essa altura ela se contentasse com móveis que não parecessem existir há mais tempo do que a velhota do saguão.

A criança disse algo a Justin.

"Não sei o que você está dizendo."

"Sim. Sim", sibilou o garoto, acenando com a cabeça o tempo todo.

"Sr. Tondidori", disse ele, como se fosse uma pergunta.

"Sim", Justin concordou.

O menino enfiou um par de chaves na mão de Justin. Curvado como um ator prestes a sair do palco, e com o mais breve olhar em direção à Megan, ele se virou nos calcanhares e correu pelos azulejos. Ele entrou para o corredor tão rápido que Trudy cobriu a boca e ofegou. Ela ficou aterrorizada pensando que ele fosse bater na escada sólida.

Megan riu; apesar da pouca idade, de alguma forma ela instintivamente sabia que ele tinha feito aquela manobra ousada para ela.

A menina, impressionada, correu para olhar por cima da parede interior. O garoto estava a meio caminho olhando para cima, à espera de que ela aparecesse. Eles sorriram de forma conspiratória um para o outro. Nenhum adulto percebeu a troca. E foi só isso que foi preciso. De agora em diante, eles eram amigos firmes.

Justin nem estava olhando para eles.

"Uau", disse ele, olhando por cima dos telhados. "Olha para esta vista!"

Eles estavam no coração da antiga Medina. Ele estava olhando para a velha cidade murada em toda a sua glória. Era barulhenta, lotada, quente e cheia de vida.

"Olha!", apontou ele.

"Eles vão adorar isso", pensou.

Eles vieram devagar, mas vieram.

"Hum", disse Philip aparentemente não impressionado.

"É alto", disse Megan.

"Você viu esses quartos?", perguntou Trudy. Ela acenou para que ele visse.

"O que há de errado com eles?"

"Quando foi a última vez que você viu cobertores assim?"

"Não sei, acho que a minha avó tinha algo parecido."

"Exatamente."

Ele olhou para ela, confuso. "Hum, sim." Ele sorriu. "Olha, que legal, nós temos venezianas."

Havia janelas com venezianas que se abriam para o terraço.

Trudy balançou a cabeça com incredulidade. Ela se dirigiu até uma porta ao fundo. Um olhar rápido confirmou que continha um velho chuveiro mofado e um vaso sanitário estilo anos 70. Não entrou.

Justin tinha saído para o terraço. Agora ele estava com a cabeça para dentro pela veneziana.

"Olá", brincou ele, enquanto ela se afastava do banheiro.

"Sim." Ela sorriu, mas não parecia muito contente.

"A Megan e eu vamos ficar naquele." Ela indicou o quarto à esquerda. "Está bem?", acrescentou ela como um pensamento posterior.

Justin acenou com a cabeça. "Claro", disse ele. "Nós não nos importamos, não é verdade, Philip?"

Philip encolheu os ombros.

Não havia muito a dizer. Agora que ele sabia qual era o seu quarto, Philip atravessou a porta e caiu na cama mais próxima. Ele estava mexendo no telefone antes da poeira assentar à sua volta.

"Você está tentando pegar a wi-fi, não é?", perguntou Justin.

Philip olhou para ele, mas se recusou a responder.

Justin atirou sua mala na cama vazia.

CAPÍTULO TREZE

Na manhã seguinte, Justin foi acordado com um grito. Ele saltou da cama e correu para o terraço a tempo de ver Megan gritar novamente.

Justin observou a cena diante dele, e mesmo que fossem gritos de excitação, cobriu o rosto de horror.

Ela estava correndo a toda a velocidade, com os seus pequenos braços estendidos como asas de avião. Ela se inclinou para a direita, para a esquerda, roubou um olhar do garoto que mostrou a eles os quartos na noite anterior.

De repente, fez sentido. Ainda era um acidente à espera de acontecer, mas pelo menos fazia sentido.

Há uma curta distância à frente de Megan, novas roupas tinham substituído os lençóis da noite anterior. A água estava pingando sobre os azulejos de cerâmica brilhantes.

Para alguém tão pequena, ela estava ocupando todo o espaço. Era bem impressionante, só uma pena que ela estivesse alheia à desgraça iminente.

"Ah, merda", pensou Justin, ao mesmo tempo que Trudy aparecia ao seu lado.

Como ele, ela entendeu a cena num relance, e ao mesmo

tempo percebeu que sua filha estava com problemas sérios e fora de alcance.

As mãos de Trudy se levantaram para lhe cobrir a boca. Ela gritou algo, a primeira parte do qual foi "Deva-".

"Provavelmente lhe dizendo para ir devagar." Justin gostava de jogos de adivinhação consigo mesmo, mesmo nos momentos mais inapropriados.

Lado a lado, eles observaram impotentes.

Havia uma tartaruga no fim do pátio. A sua forma escura se destacava contra os azulejos brancos limpos.

"Azulejos limpos e molhados". Justin olhou para a poça entre Megan e a tartaruga.

Ela atingiu a poça em velocidade máxima. Ela nunca teve chance. Perdeu a tração e entrou em uma derrapagem lateral. Ajustou seu equilíbrio admiravelmente, e por um breve momento, parecia que ela ia conseguir a manobra impossível.

Ela dobrou os joelhos, baixou o seu centro de gravidade. Correndo por puro instinto, a criança fez tudo segundo as regras.

Foi um esforço corajoso, mas inútil. Ela bateu no canto de uma mesa de ferro maciço. Isso a obrigou a parar de imediato, e os gemidos de dor começaram antes que ela tivesse caído totalmente no chão.

O menino marroquino foi o primeiro ao seu lado.

"De onde é que ele veio? Justin se perguntou. *"Por que não caiu?"*

O garoto tagarelava com tanta preocupação no rosto que impressionou a todos, até mesmo Megan.

"Ela não pode estar muito ferida," avaliou Justin enquanto se aproximava, *"ou ela ainda estaria gritando".*

"Megan!", Trudy empurrou Justin para o lado na sua pressa de chegar ao local do crime.

"Um pouco rude", pensou ele.

Ela se agachou junto à filha, esperando o pior, ossos quebrados e trajetos a hospitais do terceiro mundo.

Por incrível que parecesse, a criança parecia estar bem. Seu novo amigo tinha tudo sob controle.

Megan não entendia as palavras dele. Isso não importava. Ela tinha a atenção indivisível de um estranho. Aquilo era algo inédito para ela.

Ela apontou para o seu joelho.

Ele o inspecionou com gentileza.

Ela apontou para a mão. Ele a tomou com grande respeito e a examinou minuciosamente.

Justin apareceu ao lado de Trudy.

"Eles não são fofos?", disse ele.

Ela olhou para ele e sorriu. Era um pequeno sorriso nervoso e incerto que Justin tomou como um sinal verde.

Ele jogou o braço sobre os ombros dela e, em parte pelo choque, em parte pelo alívio, ela não o empurrou.

Ficaram em silêncio, deixando a cena à sua frente acontecer.

Justin tirou um pouco de satisfação perversa da proximidade. Ele sabia que estava se aproveitando dela, mas não era nada com que a sua consciência não conseguisse viver.

Ele viu Megan apontar para a tartaruga. O garoto se levantou e foi buscá-la.

Agora ela estava sorrindo, o choque de bater na mesa aparentemente substituído pela alegria de ter um novo companheiro de brincadeiras. Um que parecia satisfeito em fazer o que ela queria.

Ela pegou a tartaruga oferecida, que imediatamente retraiu a cabeça.

As duas crianças olharam uma para a outra antes de rirem. O incidente com a mesa já estava muito atrás deles.

O muezim começou a gritar, chamando os fiéis à oração. Justin olhou de relance para Trudy.

"Isso é realmente exótico", pensou ele. *"Ela tem que adorar."*

Trudy sorriu de volta para ele.

"Você acha que ela está bem?", perguntou, acenando com a cabeça para a filha que parecia ter esquecido que eles estavam lá.

Justin acenou com a cabeça.

"Ela parece bem para mim", disse ele.

"Parece que ela estava fingindo", pensou ele.

Era isso que ele estava esperando. Eles já estavam abraçados, com os lábios separados, Justin se inclinou para o beijo.

"Mamãe, olha!"

Megan ergueu a tartaruga para mostrar à mãe e o momento passou.

"É adorável, querida", respondeu Trudy.

"Posso ficar com ela?"

"Ela vive aqui, querida."

"Posso brincar com ela?"

"Talvez possa brincar com isso quando nossos quartos forem arrumados."

"É ela, mamãe, não é um isso!", ela franziu a sobrancelha.

"Desculpe, ela. Ela tem um nome?"

Megan se virou e, solenemente, muito lentamente, perguntou ao rapaz em inglês.

Ele sorriu. "Sim", respondeu.

"Ela se chama Yaya", parafraseou ela.

"Você brinca com elae, eu resolvo o nosso quarto."

Todo o resto foi esquecido enquanto a tartaruga tentava colocar a cabeça para fora. Sem sentir qualquer perigo imediato, as suas pernas saíram e começaram a bater para frente e para trás.

"Olha, mamãe!", guinchou ela, excitada. "Ela gosta de mim!"

"Isso é ótimo, querida", disse Trudy, já virando as costas. Ela caminhou em direção aos dois quartos.

"Como está o seu quarto?", perguntou ele.

"O quê?"

"Quer dizer, você dormiu bem?"

Trudy lhe deu um olhar que sugeria que ele tinha ficado louco.

Justin voltou para o seu quarto.

"Quer dar uma volta?", perguntou a Philip.

O adolescente olhou para cima brevemente, balançou a cabeça e olhou de volta para a tela.

"Você se importa se eu for?"

A pergunta de Justin foi recebida com um encolher de ombros.

Foi então que eles ouviram Megan gritar. "Ela me mordeu!", reclamou ela. "Ela me mordeu."

Justin foi ver o que tinha acontecido.

Trudy foi mais rápida do que ele.

O garoto marroquino foi mais rápido do que os dois. Eles assistiram enquanto ele inspecionava a mão dela mais uma vez. Claramente, não houve nenhum dano. Mais uma vez ela foi pacificada por sua atenção indivisível. Trudy sorriu para Justin enquanto eles observavam.

Eles ouviram o garoto tagarelar gentilmente com ela. Viram as crianças aproveitando-se da barreira linguística.

"Eles se entendem perfeitamente", disse Trudy.

Enquanto os muezins gritavam à sua volta, Justin casualmente deslizou sua mão na dela.

"Sim", ele concordou.

Ela se afastou.

"Eu vou desfazer as malas, tomar um banho. Tudo bem tomar conta da Megan?", sorriu ela. Mas ele percebeu pela maneira como ela tinha dito as palavras que ele a tinha deixado afobada.

Justin acenou com a cabeça. "Claro."

Ele se sentou à sombra, ajustou a ereção nas calças. Os telhados da cidade velha estavam por toda parte. Justin observou como as condições de vida eram compactas. Ele ouviu o chamado à oração, deleitando-se com o exotismo de tudo aquilo.

Depois ele viu algo se mexendo no telhado vizinho. Era um gato. Ele o viu deitado à sombra. E quando os seus olhos se ajustaram à luz, ele viu outro. Ele caminhou até à beira do telhado e escaneou à sua volta. Havia gatos por toda a parte.

"Eles têm o seu próprio mundo aqui em cima. Eles podem cobrir a cidade inteira sem tocar no chão", percebeu ele.

Quanto mais olhava, mais ele via. Silhuetas felinas preguiçosas à sombra de chaminés partidas e uma infinidade de antenas parabólicas. Apenas relaxando sob a intensidade do sol africano.

Justin podia ouvir a agitação das pessoas lá embaixo. As suas narinas captaram os odores desconhecidos do bazar e do souk, e ele estava muito contente.

"Isso é que é viver de verdade", disse ele, sorrindo sem perceber.

Ele viu um gato cansado se esticando em um parapeito. Ele era claramente o rei de tudo o que observava.

"Passa o dia todo deitado lá, sem dúvida", disse Justin.

"Para onde você está olhando?", Megan queria saber, enquanto aparecia ao seu lado.

Justin se virou e sorriu para ela. Ele acenou com a cabeça para o menino marroquino que a espreitava por cima do ombro.

"Qual é o nome dele?", perguntou Justin.

"Malik", disse ela com naturalidade.

Justin balançou a cabeça, levemente divertido.

"Como é que ela sabe isso?", pensou ele.

"O que você está fazendo?", perguntou ela outra vez.

"Estou olhando para os gatos", respondeu.

"Eu gosto de gatos", declarou ela, e subiu no parapeito.

Justin não estava habituado a crianças. Ele não fazia ideia de que crianças de quatro anos não deviam ser encorajadas a subir em telhados.

O garoto Malik parecia ter uma compreensão muito melhor

da situação. Em silêncio, ele deslizou até o quarto de Trudy e bateu na porta.

Quando ela apareceu, ele não precisou mais do que olhar na direção de Megan.

Trudy gritou.

"Tira ela daí!"

Ela marchou a curta distância e segurou Megan nos braços.

"O que está fazendo?", exigiu .

"Só olhando para os gatos, mamãe."

Justin estava prestes a acrescentar algo, mas o olhar que Trudy lançou em sua direção fez com que ele pensasse melhor.

"Não deixe ela subir", ela o repreendeu.

"Jesuuus, qual é o problema dela?", se perguntou ele.

Com os sentimentos ligeiramente feridos, ele foi até ao quarto que dividia com Philip. Enfiou a cabeça pela porta para ver o adolescente ainda sentado em sua cama. Cabeça curvada, dedos correndo pelo celular.

"O que está fazendo?", perguntou Justin.

Philip olhou de relance, como se estivesse prestes a falar. Justin esperou ansioso.

"Estamos prestes a ter uma conversa?"

Philip parecia que estava prestes a falar, mas no último minuto decidiu que não. Ele balançou a cabeça melancolicamente e voltou ao seu jogo ou mensagem de texto ou *snapperchatter* ou o que quer que as crianças fizessem hoje em dia.

Justin também parecia que estava prestes a falar. No entanto, decidiu que não. Sorriu sem graça e voltou para o terraço no telhado.

"Eu preciso acertar", decidiu ele.

CAPÍTULO CATORZE

Voltando para o sol, a primeira coisa que ouviu foi Megan perguntar se os gatos comiam tartarugas.

"Não, querida, eles não seriam capazes de atravessar o casco."

Ele sorriu para a resposta paciente de Trudy.

"O que é que eles comem?"

"Eles comem peixe, querida, você sabe disso."

"Ah sim, peixe, eu sabia disso."

"Você é muito boa com ela", disse ele se aproximando.

O olhar que ela lhe deu não era completamente frio.

"Ela definitivamente gosta de mim", pensou ele.

"Posso só ver se ele quer comer ela?"

Megan não estava convencida de que os gatos não comiam tartarugas.

A mãe balançou a cabeça e a criança suspirou de maneira teatral. Malik ficou trás, seu olhar a meio caminho entre a preocupação e a adoração.

"Eu estava pensando se você quer ir comer?", perguntou Justin.

"Quero lavar o meu cabelo primeiro."

"Se importa se eu der uma volta?"

Ela encolheu os ombros sem olhar para ele.

"O que significa isso?", pensou ele.

A chamada das mesquitas tinha parado há pouco. Todos os bons muçulmanos estariam nas mesquitas.

"Então, por definição, todos os maus não estarão", racionalizou ele.

"Só vou dar uma saída, então." O comentário dele passou sem resposta. "Não vou demorar", acrescentou ele do topo das escadas.

CAPÍTULO QUINZE

Lá embaixo não havia ninguém por perto. Ele virou a maçaneta da porta e escapuliu para o beco estreito, de pedra, praticamente deserto. Caminhou até o final da rua e virou à esquerda, longe da praça principal, dos pontos turísticos.

Em breve as bancas mudaram. Pequenos supermercados, um café com internet, uma loja de ferragens, e um lugar para consertar carroças de burro substituíam as lembranças de cerâmica e as barraquinhas de camisetas de Marraquexe.

Justin chegou até outro cruzamento. Em frente, pendurado entre dois edifícios opostos, estava um grande sinal laranja. Ele fez uma pausa e olhou em volta para se orientar para a viagem de volta. Depois continuou mais para dentro do labirinto de ruas estreitas.

Um pouco mais adiante, ele viu o que procurava. Jovens locais vadiando, dois caras na entrada de um beco sujo e velho parecendo tão suspeitos como qualquer gato que tinha apanhado um rato.

"Ah-ha". Justin sorriu e se aproximou. *"Traficantes",* pensou ele. *"Como é que o mundo funcionaria sem eles?"*

O menor dos dois jovens encarou Justin e discretamente levantou um pouco o queixo, como se fizesse uma pergunta.

Justin acenou com a cabeça, e já estava indo na direção deles. O traficante voltou um pouco mais para as sombras. Ele parou e arranhou com uma coceira inexistente no ombro.

"Isso é legal?", perguntou a si mesmo. *"Depende se você quiser ficar chapado"*, veio a resposta.

Não havia muito a dizer sobre isso. Obviamente, a resposta era sim, com certeza que sim. Qualquer lógica, os "porquês e onde" realmente não entraram no seu processo de tomada de decisão além daquela breve cintilação inicial de dúvida.

Vestindo pouco mais do que um sorriso como proteção, ele seguiu o traficante para dentro das sombras.

O segundo jovem o ignorou quando Justin passou. Ele era alto e silencioso. Ele estudava a movimentação, agindo como se aquilo não fosse da sua conta. Como se fosse coincidência para ele estar junto de um traficante.

Ele verificava de forma sorrateira a multidão à procura de algo fora de lugar. Ele não via polícia, nem militares, nem problemas. As pessoas que passavam estavam fazendo um trabalho espetacular de ignorá-lo completamente. Eles sabiam quando alguém não estava fazendo nada de bom. A experiência os tinha ensinado que era melhor olhar para o outro lado. Tinham os seus próprios problemas. Eles não queriam se envolver.

Justin se aproximou casualmente do seu novo contato.

O traficante estava vestido com um moletom da Puma e tênis da Nike. O cabelo com gel estava penteado para trás em uma impressionante onda escura e brilhante, e ele usava um relógio de ouro maciço no pulso.

"Inglês?", perguntou ele.

Justin já tinha visto tudo isso antes. Ele tinha comprado drogas das esquinas das ruas de Londres a Lima. Ele sabia como funcionava.

O cara mais alto e silencioso era o músculo. Ele provavelmente tinha uma faca escondida na manga.

O mais baixo era o vendedor. Ele falava uma grande diversidade de línguas. Inglês, francês, espanhol, provavelmente russo e chinês também hoje em dia. Ele devia ser bom com números, rápido para ajustar os preços com base no quanto cada turista parecia fora do seu elemento. Mais importante ainda, ele foi abençoado com um sorriso assassino.

"Sim", admitiu Justin, "Inglês".

"Cocaína?", perguntou o rapaz.

Justin balançou a cabeça. "Não", respondeu ele, "haxixe".

Com um movimento hábil do braço, um pequeno pedaço de haxixe que devia estar na sua manga apareceu na mão dele.

Justin sorriu. Ele reconhecia coisa boa quando a via.

O traficante sorriu de volta.

"É bom?", perguntou Justin.

Ele pensou que eles deviam passar pelas formalidades.

"Muito bom, muito suave."

O traficante o enrolou entre os dedos para comprovar que era realmente macio e maleável. Ele dobrou como massa de modelar.

"Quanto por essa quantidade?", perguntou Justin.

"Quatrocentos dirames", respondeu o jovem rapidamente, o sorriso fácil nunca deixando os seus lábios. Ele estendeu a droga.

Justin pegou e a apertou.

"Eu te dou trezentos", disse ele com relutância.

"É coisa muito boa", veio a resposta.

"Trezentos", repetiu ele, tirando exatamente trezentos dirames do bolso e oferecendo.

O jovem sorriu.

"Tudo bem", disse ele, pegando o dinheiro. "Volte sempre, inglês."

"Eu vou", concordou Justin por cima do ombro.

A multidão se separou, embora nenhum deles tivesse reconhecido a sua presença repentina. Ele andou com calma enquanto todos ao redor fingiam não saber que uma negociação de drogas tinha acabado de acontecer.

CAPÍTULO DEZESSEIS

Justin subiu as escadas. Ele estava ansioso por uma bebida gelada e um cigarro gordo. Umas boas duas horas tranquilas até o calor deixar o sol e depois talvez um passeio pela praça do mercado.

Estava quente e a sua missão fora cumprida, era tempo de descansar.

Assim que ele apareceu no terraço, Trudy o viu.

"Onde você estava?", ela quis saber. "Não tem secador de cabelo aqui", acrescentou, implicando que isso era importante.

"O seu cabelo está lindo." Ele sorriu para mostrar que estava falando sério. "*Toda mulher adora um elogio*", pensou ele.

Ela respirou fundo e de forma controlada. Mas antes que ela pudesse responder, Megan apareceu.

"Estamos com fome", disse a criança. "Queremos ir comer."

Justin franziu a sobrancelha. Ela parecia estar sugerindo que ele ajustasse os seus planos de acordo com outras pessoas.

"Estamos com fome, não estamos, mamãe?", continuou Megan.

"Você pode esperar cinco minutos, não pode?", perguntou Justin.

A menina o estudou seriamente como se considerasse a sua pergunta. "Ok", concordou ela, se virando nos seus calcanhares e indo se juntar a Malik.

As crianças tinham uma nova brincadeira, inclinadas sobre a borda do telhado, apontando os gatos um para o outro.

"Por que você precisa de cinco minutos?", perguntou Trudy.

Ele já estava arrastando uma cadeira e se sentando à mesa.

Ele tirou um pacote de seda do bolso.

"Baseado rápido", respondeu ele.

Trudy não disse nada, mas se Justin tivesse se incomodado em olhar, teria notado que ela não parecia satisfeita.

"Tem alguma coisa para beber?", perguntou ele sem olhar para cima.

"Água", respondeu Trudy sarcasticamente, o que significava que tinha água na torneira.

"Ah, seria ótimo", disse ele. "Poderia colocar um pouco de gelo?"

"Gelo?", ela parecia incrédula.

Justin olhou para ela então, pela primeira vez durante toda a conversa. "Sim", respondeu ele. "Você podia perguntar ao garoto ou ir até a recepção." Ele sorriu para ela e voltou sua atenção para o enrolar do baseado, perdendo o rolar de olhos que quase arrancou as retinas de Trudy.

Uma vez que ele havia acendido e estava feliz, os olhos de Justin recaíram sobre Malik e Megan, inclinados sobre o telhado.

"Eles estão bem assim tão perto da borda?", perguntou ele.

Trudy olhou para ele, lutando para ficar calada.

Ele estava olhando para o outro lado, felizmente, sem saber que ela tinha se ofendido.

"É só, você sabe, é melhor estar seguro."

"Acho que sei o que é melhor para a minha própria filha", disse Trudy.

Isso lhe chamou a atenção. Ele se virou e quando viu o olhar no seu rosto desejou não ter falado nada.

"Sim, claro", disse ele.

"Um pouco ríspido demais", pensou ele. *"É seguro ou não é? Há pouco você parecia pensar que era algo importante. Se decida, é tudo o que eu peço. Jesus, tenha calma."*

Ele mal tinha começado a se acalmar, a tirar o máximo proveito da droga quando Megan soltou um grito.

Trudy correu até a filha. Ela a pegou em seus braços. Justin foi se juntar a elas. Pensou que era o melhor. Parecia que era a coisa certa a fazer. Apesar de ninguém pensar que eles deviam lhe dar um pouco de paz e sossego Ah não, essas crianças, elas são todas eu, eu, eu, eu. *"E eu, para variar?"* Justin se sentiu ofendido.

Ele se espremeu ao lado de Trudy e se juntou a ela para olhar para o lado do edifício. O coelho de brinquedo de Megan estava caído três andares abaixo. Os seus membros e orelhas retorcidos em ângulos impossíveis. Ele parecia muito como um cadáver. Um corpo pequeno, uma criança, talvez.

Justin olhou para Trudy. Ele estava prestes a fazer um comentário sobre crianças brincando em beiradas, mas um olhar para o rosto dela e ele mudou de ideia. Só que agora ela sabia que ele ia dizer alguma coisa, então tinha que dizer alguma coisa.

Ele soprou uma grande nuvem fumaça e, forçando a sua expressão a permanecer neutra, perguntou: "Vamos comer então?".

"Vou fingir que está tudo bem", decidiu ele. *"É o jeito inglês."*

Justin olhou novamente para a borda, então perdeu o olhar que Trudy apontou para ele. Ele também perdeu o insulto murmurado dela, com o volume ensurdecedor dos gritos de Megan.

"Então é o fim do coelho", ele deduziu casualmente, no

instante em que Megan parou para respirar. Todos eles ouviram.

A menina com o coração partido voltou a gritar com vigor renovado. Trudy rolou os olhos tão longe que devia ter realmente doído e de alguma forma conseguiu guardar suas opiniões para si mesma.

Justin tomou o silêncio dela como prova de que ela concordava com ele. Ele atirou cinza para o lado e se aproximou dela.

"Qual é o problema?", perguntou ele. "É apenas um brinquedo velho."

"Ela tem ele desde o dia em que nasceu", disse Trudy em resposta.

"Ah", disse ele, e pelo tom dela, ele percebeu vagamente que isso significava algo, e que ele deveria saber o quê. Parecia um pouco que ela o estava julgando, o chamando de estúpido. Ele queria protestar pela sua inocência. Não tinha filhos, como deveria saber o que eles consideravam ou não importante? Mas ele admitiu, relutante, que esse poderia não ser o momento apropriado.

Ao invés disso ele foi confortar a criança perturbada.

"Está tudo bem", assegurou ele, lhe dando palmadinhas nos seus pequenos ombros.

A surpresa trouxe um fim às suas lamentações. Ela nunca tinha, o que era aquilo, recebido palmadinhas como um cachorro antes. Ela olhou para o rosto de Justin.

"Kimmy", disse ela em um sussurro quase inaudível.

"Quem é Kimmy?", Justin estava confuso agora; ele pensava que o problema era o brinquedo.

"Kimmy, a minha coelha. Você sabe que ela se chama Kimmy, eu te disse no hotel."

"Sim, sim, claro", respondeu ele.

Ele se lembrava dela lhe mostrando os brinquedos que trazia nas férias. Ela tinha derrubado o saco inteiro na cama no momento mais inoportuno, se ele se lembrava bem. Aquela noite no hotel parecia ter acontecido há muito tempo, agora. Mas fazia apenas 48 horas.

"Vamos pegar ele de volta", disse Justin.

"Ela!" Megan gritou.

"Sim, ela, nós vamos pegar ela de volta."

O volume da menina baixou um pouco.

"Sério?", ela finalmente balbuciou entre lágrimas.

"Claro", respondeu Justin, soprando fumaça para longe. "Só me dê um pouco de silêncio. Me deixe pensar."

A criança ficou em silêncio e olhou com esperança para o seu rosto. Ele tinha oferecido um raio de esperança. Ela estava preparada para aceitar qualquer coisa que ele tivesse.

Ele fumou o baseado até a ponta e o atirou para o lado. Ele estava pensando, mas não lhe ocorria nada.

"Vamos buscar outro?"

Os gritos recomeçaram, aumentaram um pouco.

"Isso é um pesadelo.", ele se inclinou sobre a borda, considerado por uma fração de segundo se poderia descer ou mandar o menino.

"Se ao menos tivéssemos uma escada", disse ele, *"e outro baseado"*, pensou.

Megan correu para junto de Malik e de alguma forma o fez entender que eles precisavam de uma escada.

Então, em vez de fazer outro baseado, um do qual ele precisava muito para acalmar os nervos, por falar nisso, ele estava sendo arrastado pelas escadas abaixo e pela rua por um casal de crianças.

A duas ruas de distância, Malik parou e tirou uma lona de cima de uma escada.

"Da", ele sorriu.

"Aqui", declarou Megan. "Agora podemos apanhar a Kimmy."

Justin se aproximou da escada, que lhe pareceu bastante estreita. Ele meio que a levantou para testar o seu peso.

"Não tenho certeza", disse, virando-se.

Foi então que ele percebeu que estava falando sozinho. As crianças tinham ido embora, de volta ao Riad, sem dúvida. Esperavam que ele recuperasse o brinquedo, o que já era ruim o suficiente, mas esperavam que ele fizesse isso sozinho.

"Essas crianças estão brincando comigo", disse a si mesmo.

Uma hora depois, ele reapareceu no terraço. Tinha sido um pesadelo. Uma multidão se reuniu para vê-lo raspar a canela, bater a cabeça e pegar uma espécie de mofo sobre o seu corpo. A população local parecia achar tudo isso muito divertido.

Agora ele estava de volta, e tinha tido sucesso. Ele esperava um sério nível de simpatia.

"Ta-Dá!", Justin estendeu o brinquedo. Eles não precisam tratá-lo como um herói vindo da guerra. Só se quisessem.

"Meu!"

Megan arrancou o brinquedo das suas mãos e fugiu.

"De nada", disse Justin atrás dela.

O garota de quatro anos o ignorou totalmente. Ela se sentou no chão à sombra, conversando com a sua coelha.

"O homem horrível te segurou pela perna?", disse ela.

Justin caminhou despreocupado até Philip.

"Está com fome?", perguntou ele.

Philip encolheu os ombros enquanto os seus dedos passavam pela tela do celular.

Justin olhou em volta.

"Onde está a sua mãe?", perguntou ele.

Philip deu de ombros outra vez.

Justin já não se sentia como o herói que regressara. Ele se sentou e enrolou um baseado.

Enquanto soprava fumaça através dos telhados, ele começou a se sentir mais calmo. Os sons da algazarra da cidade abaixo chegavam até o seu ouvido. Especiarias e esgoto a céu aberto combinados para lhe agredir as narinas. Ele formigava de alegria, simplesmente por estar na África.

"Isso é ótimo, não acha, Philip?"

Philip encolheu os ombros sem olhar para cima.

No seu quartinho, Trudy o ouviu chamar pelo seu nome. *"Ai meu Deus, ele voltou",* pensou ela.

"Saio num minuto", ela chamou de volta.

Justin bufou. *"Provavelmente colocando pó no nariz",* decidiu ele.

Justin conhecia a frase, embora não fizesse ideia do que realmente significava. O que as mulheres faziam na intimidade era um completo mistério para ele.

"Seja positiva", disse Trudy a si mesma. *"Megan fez um amigo. O sol está brilhando."* Ela estava justificando um absurdo completo para si mesma. Ela precisava fazer isso.

Ela voltou para a yoga e se concentrou na sua respiração. Sabia como se acalmar, externamente pelo menos.

"As aparências são importantes." Ela lembrou a si mesma. *"Às vezes é preciso fingir para dar certo."*

Ela tinha fingido a vida toda, que diferença faria mais uns dias? E era para o bem de Philip e Megan.

Trudy estava disposta a se fazer de corajosa, a fingir. Ela tinha que fazer isso; se admitisse a realidade agora, provavelmente a carregariam numa ambulância aos gritos.

Ela ouviu Justin dizer algo no terraço. Não as palavras propriamente ditas, apenas a voz dele. Fez com que ela quisesse se deitar na cama em posição fetal.

"No que eu estava pensando?", ela se castigou pela enésima vez naquele dia.

Justin era um completo idiota. Isso era óbvio. Não só por sugerir esse desastre de viagem, mas pior, muito pior, ele não tinha nenhuma habilidade social. Como é que ela não enxergou isso antes?

"Você enxergou", lembrou ela. *"Lucy fez você pensar que estava sendo ridícula. Espere até eu encontrar aquela garota, ela não vai se safar disso."*

"Mamãe", Megan estava chamando do lado de fora.

"Sim, querida?"

"Vamos comprar uma tartaruga para a tia Lucy?"

"Não, querida."

Trudy agarrou bem as pernas, curvada em posição fetal.

Justin tinha feito outro baseado. Ele estava na metade. Ele tinha descoberto que ao mover sua cadeira e virar as costas para Megan, Malik e Philip, ele podia bloqueá-los, sonhar acordado em paz.

"Casaremos em abril e faremos uma lua de mel prolongada, viajaremos pelo mundo. Seremos só nós os dois. O Philip tem praticamente idade suficiente para sair de casa. Quanto à Megan, serão muito caros os colégios internos? Todos dizem que escolas decentes são melhores para as crianças a longo prazo."

A menção à Lucy não ajudou o comportamento de Trudy. A amiga dela tinha insinuado que talvez essa viagem levasse a algo mais sério, até mesmo aos sinos de casamento.

Neste exato momento, a ideia de estar no altar e dizer "sim" ao lado de Justin lhe causou arrepios.

Fumar haxixe forte fez Justin perder a noção do tempo. Mais uma hora se passara antes que ele se perguntasse seriamente o que estava atrasando a Trudy.

"Vamos?", gritou ele em direção ao quarto dela.

"Já vou", veio a resposta.

"Parece que ela está chorando?", pensou ele. *"Ela está bem"*, decidiu, descartando a bituca do baseado.

Ele se levantou e se preparou para chamá-la novamente. Não foi preciso. Ela apareceu na porta e estava maravilhosa. Ele só precisou de um olhar, e Justin tinha certeza de que ela era a tal.

Megan estava ao lado da mãe num instante. "Podemos ir à praia?"

Ambos olharam para a criança. Justin não ia lhe dizer que a praia mais próxima ficava a quilômetros de distância. Estava guardando essa informação para o momento certo.

Ele roubou outro olhar de Trudy. Não conseguia evitar, ela estava tão bonita.

Trudy sentiu os seus olhos nela e olhou para cima. Ela colocou um par de óculos Ray-Ban, e por trás deles, notou a sua cara de drogado e os olhos vermelhos. Virou-se para o lado.

"Philip", disse ela, "nós vamos comer. Vamos lá."

O adolescente se levantou sem arriscar um único olhar para longe da tela.

"É uma verdadeira aventura, não é?", perguntou Justin alegremente.

Ninguém respondeu. Eles desceram as escadas.

Pela mesma razão que a viúva em um funeral usa véu, Trudy se certificou de que estava na frente, para que ninguém pudesse ler a expressão no seu rosto.

Megan saltava trás dela, batendo o coelho com força no corrimão a cada passo. Ela cantava *"polegares, polegares"* para o brinquedo.

Ela lembrou Justin da sequência de abertura de um filme de terror *slasher* cheio de sangue. Aquilo o deixou nervoso.

Philip, como sempre, estava em piloto automático. Ele não conseguia olhar para os seus pés ou ver para onde ia, porque qualquer coisa de alguma importância no mundo estava acontecendo na pequena tela bem em frente aos seus olhos e ele não se atrevia a perder nada.

Justin ficou para trás. Ele estava sorrindo para si mesmo.

"Nós parecemos uma família", pensou ele, e achou a ideia bastante atraente.

Para todos os efeitos, eles eram uma família, ele supunha.

Teve que reconhecer que eles ainda não eram exatamente

próximos, e talvez não tivessem se comunicado tanto. E sim, Trudy parecia mais quieta do que em Londres. Então, no geral, se ele estivesse sendo honesto, eles formavam um grupo bem estranho.

"Todas as famílias não são estranhas?", disse a si mesmo. *"Somos pessoas normais, como quaisquer outras."*

CAPÍTULO DEZESSETE

Uma vez lá fora, Justin fez uma sugestão: "Vamos para a praça principal, certo?"

Trudy meio que sorriu, balançou a cabeça e pegou Megan pela mão. Ela ficou para trás, deixando Justin liderar o caminho.

"Ah, ela está sorrindo para mim de novo", notou ele. *"Ela definitivamente gosta de mim."*

Ele estava se sentindo presunçoso. *"Ela gosta muito de mim"*, disse modificando a sua suposição original.

Foram necessários apenas alguns minutos de navegação pelas ruas estreitas e apinhadas de gente, e eles saíram no amplo espaço aberto da gigante praça movimentada. O cheiro de alho e a fumaça aromática dos fogões a lenha se espalhavam pelas apertadas barracas de comida ao longo de filas de clientes sentados em bancos de madeira dura. Era meio autêntico, mas extremamente turístico.

Um casal alemão vestido informalmente estava ao lado de uma família de britânicos que vestiam camisas de futebol do Birmingham City da última temporada. Os pais britânicos estavam perguntando em voz alta quanto os alemães haviam pagado pelas férias e se a bebida estava incluída no hotel.

Dois jovens italianos desleixados se projetaram para que estivessem sentados do outro lado da mesa de duas bonitas senhoritas.

Todo mundo queria algo que não conseguia explicar. Algo especial, memorável, quintessencialmente marroquino. Estavam todos comendo guisado, pão típico e tomando Coca-Cola, talvez Fanta laranja, se tivessem sorte. E todos eles seriam servidos antes das dez da noite, porque às dez e meia os inspetores vinham distribuir multas a qualquer estabelecimento alimentar que não tivesse sido fechado e saído da praça.

Uma vez alimentados os turistas, o espaço era necessário para o próximo turno. Era hora dos encantadores de serpentes, dos tatuadores de henna e dos vendedores de bolsas e cintos. Mas, por enquanto, a comida estava na agenda.

Jovens abordavam Justin a cada poucos metros.

"Aqui, aqui", diziam eles, apontando para um grupo vazio de assentos.

As frases "Frango, senhor?" ou "Muito fresco, muito fresco" os seguiram através das filas estreitas de carne assada e itens de salada lindamente expostos. Barulhos e cheiros vinham de todas as direções.

Naturalmente, Megan acrescentou sua voz à briga.

Ela havia soltado a mão da mãe e sabia que, enquanto estivesse ao seu alcance, podia manter a sua liberdade. Ela já estava testando as águas, descobrindo os limites da sua independência e empurrando-os até onde ousava. Não estar de mãos dadas numa multidão ela considerava diabolicamente maduro. E como uma jovem independente, ela se sentia no direito de oferecer sua opinião ao mundo adulto da tomada de decisões.

"Esse", dizia ela, correndo para um lugar vazio numa mesa e, para seu deleite, um jovem aparecia do nada.

"Sim, esse", ele concordava, puxando cadeiras, tentando

seduzi-los a se sentarem. Mas Justin sempre balançava a cabeça e continuava andando.

Felizmente, Megan estava tratando aquilo como um jogo. Ela ia na frente e se jogava por cima de outra mesa, "Essa aqui", ela alegava. "Essa aqui."

Ela parecia gostar do som das cadeiras raspando pelo chão quando os garçons apareciam.

Depois de sentir como se eles tivessem coberto cada centímetro da praça gigante e estado em todos os estabelecimentos alimentares disponíveis, Trudy não aguentou mais.

"Espera", ela chamou, parando.

Justin parou. Todos eles pararam.

"O que você está realmente procurando?", perguntou ela, parecendo genuinamente mistificada.

Justin lhe deu o seu melhor sorriso. Ela estremeceu.

"Eu não sei", disse ele com alegria. "Acho que estou à procura do lugar perfeito. "Ele se aproximou dela e sussurrou: "Quando contarmos essa história aos nossos netos, quero que seja tudo perfeito."

Ele acariciou o seu braço, deu um passo para trás e sorriu. Estava absolutamente confiante de que ela notaria como aquele plano era fabuloso.

"Eu só quero me sentar." Trudy estava derrotada demais para responder à sua lógica, e soava como tal.

"Você está bem?", ele não entendia. As coisas estavam correndo tão bem.

"Eu só quero me sentar", repetiu ela, e por alguma razão inexplicável, ele esperava que ela não estivesse prestes a chorar.

"Essa", ele ouviu Megan gritar.

Dessa vez, Philip tinha se sentado ao lado da irmã.

"Está resolvido", anunciou Trudy, enquanto ia e sentava no banco em frente à eles.

Justin considerou sugerir mais uma volta pelo lugar, mas o

garçom já estava colocando guardanapos de papel e talheres para eles. Ele se sentou com calma no banco ao lado de Trudy, ao menos isso.

"Eles têm frango?", perguntou Megan.

O garçom não perdeu a deixa. "Frango, sim, sim", disse ele, sorrindo. "Muito saboroso, muito saboroso."

Em breve estavam todos enfiados em tigelas fumegantes de guisado que o garçom alegava ser frango. Eles deram um prato cheio de pão redondo e achatado e uma lata de Coca-Cola para cada.

"É bom?", disse Justin.

"Isso é galinha?", perguntou Megan duvidosa.

"Sim, querida, e isso vai te fazer crescer grande e forte."

"O pão tem um sabor esquisito", respondeu Megan.

Depois da refeição, todos eles se sentiram melhor. Vaguearam pela praça gigante durante algum tempo. Apesar da hora tardia, ainda havia uma abundância de crianças, turistas e distrações, como Megan nunca tinha visto antes. Havia cobras em cestas e tartarugas e lagartos em pequenas gaiolas de madeira. Havia uma grande variedade de brinquedos de plástico de cores fortes, nenhum dos quais conseguiria passar pelo departamento de saúde e segurança do Reino Unido. O material estava empilhado até o alto e era barato.

Era uma combinação de barato e alegre que induzia à uma verdadeira atmosfera carnavalesca. E enquanto os clientes felizes eram facilmente separados do seu dinheiro, era fácil se perder em grandes multidões.

"Megan, volte!"

"Segura a minha mão, Megan!"

"Volta, Megan!"

"Podemos só seguir ela", sugeriu Justin calmamente.

"Você não está acostumado com crianças, não é?"

"Não muito", admitiu ele.

Trudy balançou a cabeça. Justin sentiu que estava sendo julgado, e não de maneira positiva.

Quando Megan estava finalmente tão cansada que as suas perninhas não conseguiam dar mais um passo, Justin a jogou sobre os seus ombros e eles voltaram.

A praça havia sido há tempo liberada de estabelecimentos alimentares, e agora tinha se transformado em um espaço vazio gigantesco. Tinha agora pequenos grupos de atividade confinados a manchas aleatórias ao redor das bordas, sob os poucos postes de iluminação disponíveis.

"Terreno fértil para traficantes e batedores de carteira", percebeu Justin.

"Por aqui", anunciou ele.

Ele virou à esquerda em uma viela, depois parou, recuou e escolheu outra antes de coçar a cabeça e recomeçar.

Depois de um tempo, Trudy duvidou seriamente se eles voltariam a ver as suas camas. Podia ser um quarto terrível, mas ao menos ela poderia se deitar se eles conseguissem chegar lá.

Finalmente, Justin pagou a um local duvidoso para os levar de volta para o Riad.

O pequeno Malik abriu a porta.

"O que faz ele ainda acordado?

Ainda carregando Megan, Justin subiu as escadas.

Ela tinha estado leve como uma pena quando ele a tinha içado sobre os ombros, mas estava muito mais pesada agora que ele estava a meio caminho das escadas, mas ele conseguiu chegar ao topo e, com orgulho, a deitou suavemente sobre a cama.

Megan não estava dormindo, mas também não podia ser descrita como acordada. Ela estava choramingando. Precisava da mãe.

"Sua vez", disse Justin.

Trudy acenou com a cabeça.

Ele não tinha perdido a esperança de um beijo essa noite,

mas raciocinou que havia tempo suficiente para um baseado grande e gordo primeiro.

Trudy cantou para Megan a sua canção de ninar preferida até a criança ser incapaz de lutar contra o sono. Suas pálpebras pesadas se fecharam, e dessa vez, se recusaram a abrir. Trudy esperou mais cinco minutos. Ela estava sorrindo para a filha adormecida. Teve que admitir que o dia tinha acabado sendo muito melhor do que ela temia. Não havia como negar que a sua filha tinha se divertido muito. E no fim, isso não era o mais importante?

Ela se levantou cuidadosamente e foi nas pontas dos pés até o banheiro, ainda meio sorridente. Puxou o cordão à moda antiga, a luz se acendeu e uma dúzia de baratas correu de volta às suas casas no rodapé.

Trudy gritou. Megan acordou com um susto e gritou também.

No terraço, Justin saltou tão depressa que as suas sedas, o tabaco e o haxixe caíram na escuridão debaixo da mesa. Ele não gritou exatamente, mas exclamou, berrou talvez, quando a sua canela bateu na pesada perna da mesa de ferro.

No quarto ao lado, protegido pelos fones de ouvido, os dedos de Philip corriam pelo celular. Ele não tinha ouvido nada.

"Baratas!", gritou Trudy, enquanto saía do quarto agarrada à sua filha aos gritos. "Montes delas! Desgraçadas enormes!"

Ninguém reparou que Malik desceu pelas escadas abaixo.

Os gritos de Megan abrandaram e pararam dramaticamente.

"Você disse 'desgraçadas'."

"Eu sei, querida."

"O que são baratas?"

Ela fixou um olhar fulminante em Justin, enquanto explicava: "Baratas são insetos horríveis".

Justin sentiu que o comentário parecia dirigido a ele.

"Não, não pode ser." Mentalmente, ele descartou tal noção.

"Podíamos comprar um spray para eles de manhã", sugeriu ele.

Trudy olhou para ele, os lábios dela se apertaram.

"O que é que o spray faz?", Megan queria saber.

"E enquanto isso?", perguntou Trudy.

Justin tinha a solução perfeita.

"Você podia dormir no meu quarto", sugeriu ele. "Coloque o Philip com a Megan."

Os lábios dela estavam tão apertados que desapareceram de vista.

"Malik!", Megan exclamou enquanto a cabeça do garoto aparecia no topo das escadas.

Ele voltou, orgulhosamente agarrado ao que parecia ser algum tipo de armadilha para baratas. O garoto entrou solenemente no quarto de Trudy e colocou a sua armadilha no centro do chão do banheiro. Ele ficou de costas com as mãos nos quadris, parecendo extremamente satisfeito consigo mesmo.

Não precisava falar para saber que ele imaginava que havia resolvido o problema.

Trudy ficou horrorizada, Megan enrolada nas suas pernas.

"O que foi, mamãe? O que ele está fazendo, mamãe? O que é isso, mamãe?", ela estendeu a mão para tocar.

"Não toque nisso." Trudy a puxou de volta.

"Por que não, mamãe? O que foi, mamãe?"

Foi à essa altura que Philip optou por fazer a sua entrada, ainda sem perceber o drama que lhe tinha escapado.

"A wi-fi caiu", disse ele. Não parecia interessado que eles estivessem todos reunidos no banheiro minúsculo.

Trudy olhou para ele e caiu no choro.

"Eu não posso ficar aqui", soluçou ela.

CAPÍTULO DEZOITO

No dia seguinte, Trudy acordou com o nascer do sol. O que significava que todos acordaram.

Ela bateu na porta do quarto, depois na janela, e depois mandou Megan para os tirar da cama.

"Que horas são?", Justin levantou a cabeça da almofada e se dirigiu à Megan com uma voz sonolenta.

"Levanta!", gritou ela, e tirou o cobertor de cima dele.

Ele urinou, lavou o rosto com água fria, escovou os dentes, vestiu um calção e uma camiseta e foi enrolar um baseado.

"Não há tempo para isso", decretou Trudy.

"Huh?"

Ela não respondeu. Em vez disso, disse: "Philip, vamos embora."

Ele apareceu, e antes mesmo de Justin estar totalmente desperto, ele os estava seguindo lá embaixo.

Trudy os apressou pelas ruas quase vazias.

Justin não conseguia se concentrar, ele ainda não tinha tomado café ou fumado um baseado. Gostava de começar os seus dias devagar e não com uma explosão de atividade agitada.

Como alguém conseguia sair pela porta de manhã cedo, dia após dia, era um mistério para ele.

Finalmente, para o seu imenso alívio, Trudy parou. Ela estava em frente à um cartaz retratando uma fila de camelos serpenteando por uma praia dourada.

"É aqui", declarou Trudy. "Nós passamos por aqui ontem", acrescentou ela.

Justin estava com calor devido à caminhada, não sabia o que estava fazendo na rua tão cedo e agora algo sobre um pôster de camelo. A sua cabeça foi de Trudy para o pôster e voltou. Aquilo não fazia sentido nenhum, ela parecia pensar que fazia, mas não fazia.

"O quê?", ele conseguiu falar.

Megan estava inspecionando o cartaz em todos os detalhes.

"Camelos", disse ela. "Olha os camelos."

"Você quer ver os camelos?", perguntou Trudy.

Imediatamente a menina quis entrar no prédio dentro do qual ela imaginou que eles mantinham os camelos anunciados na janela.

Foi à essa altura que um homem saiu do que era uma loja de viagens, uma agência de excursões? Um estábulo de camelos? Quem sabia?

Mesmo assim, ao menos ele parecia contente por vê-los. Ele estava sorrindo amplamente. Conhecia turistas quando os via.

"Olá", ele levou a palavra até o seu limite.

"Queremos ver os camelos", disse Megan.

"Claro", disse ele. "Venha por aqui."

Todos eles seguiram Megan até à loja. Era surpreendentemente pequena. Havia uma mesa pequena com uma cadeira de cada lado. Megan se jogou em uma delas.

O papel de parede era composto por cartazes que anunciavam viagens exóticas.

"Onde estão os camelos?", Megan queria saber.

"Nós queremos fazer a viagem", anunciou Trudy.

"Claro", disse ele. Ele gesticulou para um par de grandes almofadas atrás da porta. "Gostariam de se sentar?"

Trudy balançou a cabeça.

"Chá?", perguntou ele.

"O quê?", perguntou Megan.

"Chá, senhorita, quer chá de menta?"

Ela enrugou o nariz e balançou a cabeça.

"Só queremos reservar a viagem", disse Trudy.

"Claro que sim."

Ele foi até a mesa e tirou um folheto.

"Nós oferecemos excursões de dois ou três dias no deserto do Saara. Um micro-ônibus o levará até lá e refeições, acomodação e passeios de camelo serão organizados por autênticos membros da tribo Berber. Passeios de camelo", repetiu ele, e piscou o olho em direção à Megan. Ela guinchou de alegria e se mexeu na cadeira.

O vendedor terminou o seu discurso, "Tudo está incluído no preço."

Trudy fez os preparativos como uma mulher com pressa. Quando chegou o momento de pagar, Justin deu um passo à frente.

"Quanto?", perguntou ele, puxando a carteira.

"Duzentos dirames."

Justin contou o dinheiro e entregou a ele. As notas desapareceram em algum lugar nas vestes do homem.

"Partimos dentro de uma hora", ele os informou. "Da parada de ônibus na praça principal."

"Entendi", disse Trudy e já estava indo para a porta.

Justin ficou esperando algum tipo de comprovante da transação. Ele não tinha recebido nenhum bilhete, nenhum recibo, nada.

Trudy enfiou a cabeça pela porta. "Vamos lá", disse ela. "Precisamos ir e fazer as malas."

Os olhos de Justin se moveram entre o vendedor e a porta.

"Bilhetes?" disse ele, estendendo a mão.

"Uma hora", disse o homem. "A parada de ônibus na praça."

Megan bateu na janela.

"Ok", Justin cedeu. "Uma hora."

"Sim, sim."

Até agora, Justin estava achando o dia bastante estressante.

Ele foi embora sem tentar tirar qualquer sentido do homem.

"Podemos encontrar um lugar para tomar um café?", ele implorou à Trudy.

"O ônibus parte em uma hora", lembrou ela.

Justin entendeu que ela estava negando o pedido dele.

De volta ao hotel, o café da manhã estava sendo servido no telhado. Havia pão quente e frutas frescas, café quente e doces. Alguns dos outros hóspedes estavam se servindo. Justin foi se juntar a eles.

"Nós não temos tempo", lembrou Trudy.

"Vamos para a praia", informou Megan a Malik.

Ele sorriu e acenou com a cabeça como se entendesse. Em uma mão ele segurava a pequena tartaruga, na outra metade uma maçã.

As duas crianças foram para longe da mesa do café da manhã para poderem alimentar o seu animal de estimação em paz.

Justin foi até o seu quarto, jogou a escova de dentes e algumas roupas íntimas em uma bolsa e estava pronto.

Independentemente das regras de Trudy, ele foi se sentar. Tinha que haver tempo para um café e um baseado.

Justin tinha comido pão e geleia. Agora estava sentado no terraço fumando e tomando café, observando as crianças compartilhando pedaços de frutas com uma tartaruga. Ele não tinha certeza se deviam comer pedaços de maçã do chão, mas também não tinha certeza se eles lhe dariam alguma atenção.

"Eu acho que a mamãe está te chamando", disse ele à Megan. "Pode ser sobre os camelos."

Ela foi ver.

"As crianças são tão fáceis de manipular." Justin colocou aquilo como o mais próximo de uma vitória que ele tinha tido a manhã inteira.

Quando Megan desapareceu no quarto, ele a ouviu perguntar: "E os camelos?"

"O quê, querida?"

"Porque você está com a minha escova de dentes, mamãe?"

"Estou fazendo a mala para você."

"Você está com o meu biquíni?"

"Sim."

"Posso trazer a minha tartaruga?"

"Não."

"Por favor, mamãe. Ela vai se comportar."

"Talvez fosse essa constante procura por atenção que estava estressando Trudy."

Justin enchia o seu café quando Trudy apareceu à porta.

"Café"?", perguntou ele. Ele estava mais do que disposto a lhe servir uma xícara.

"Não há tempo", disse ela antes de desaparecer de volta para o quarto.

Ela o fez sentir como se ele tivesse feito algo de errado. Será que ele a tinha ofendido? A ideia lhe passou pela mente por uma fracção de segundo. Ele balançou a cabeça.

"Não, isso é ridículo", disse a si mesmo. *"Você está sendo paranoico. Ela está de férias. É claro que ela está bem."*

Ele relaxou até que ela emergiu novamente, dessa vez arrastando uma mala de mão.

"Quer que eu leve isso?", ofereceu Justin.

Ele lamentou a sua gentileza assim que tentou carregar a mala. Ele tinha subestimado seriamente o quanto você podia colocar naquelas coisas.

"Quer pegar a mala da sua mãe por um tempinho?", perguntou ele a Philip.

O adolescente olhou para a mala e depois voltou para o telefone. Ele não se deu ao trabalho de responder.

Trudy liderou o caminho até a praça. Ela fez uma curva errada, então eles tiveram que refazer ligeiramente os seus passos. Então, quando chegaram ao ônibus, os outros passageiros já estavam a bordo. Felizmente, apesar da falta de papelada, o motorista estava claramente à espera deles. Não sabia que teria que esperar por eles, talvez, mas eles estavam lá agora.

Para além de quatro lugares na fila de trás para os ingleses atrasados, o ônibus estava cheio.

Uma vez que estavam sentados e Justin teve a oportunidade de dar uma vista nos seus companheiros de viagem, ele notou que Megan era a única criança a bordo. Era um grupo principalmente de aposentados, reunidos de todos os pontos do continente europeu.

Assim que o ônibus se moveu, Megan saiu do seu lugar e percorreu o corredor fazendo amigos. No geral, os turistas ficavam felizes por entrar na brincadeira. Mas inclinar-se sobre as pessoas e apertar a mão de uma garotinha inglesa era uma novidade da qual os outros passageiros rapidamente se cansaram.

Ela voltou ao seu lugar, sem dúvida planejando a sua próxima brincadeira, pensou Justin.

Após duas horas de viagem, houve um anúncio no alto-falante. Primeiro em alemão, depois em francês e finalmente em inglês.

"Intervalo, senhoras e senhores. Por favor, voltem aos seus lugares em vinte minutos; temos um longo caminho a percorrer."

"*Finalmente*", pensou Trudy.

Ela não tinha estado disposta a enfrentar o banheiro infestado de baratas. Ela estava se segurando há horas.

"Você fica de olho nela enquanto eu encontro um banheiro?", perguntou.

Justin acenou com a cabeça, sorriu, "Sem problemas."

"Fique com o Justin", disse ela à filha.

Megan acenou com a cabeça.

Trudy estava fora do ônibus quando as portas se abriram.

Megan se manteve sentada pacientemente, como tinha sido instruída. Isso é, até quando Justin se virou. Então, ela estava de pé e se espremendo pelas pernas dos outros passageiros. Tudo o que ele pôde fazer foi vê-la desaparecer.

Ele se espremeu pelo ônibus dolorosamente devagar enquanto através das janelas via Megan se aproximar e imediatamente fazer amizade com um grupo de crianças marroquinas.

Quando desceu os degraus e pisou no chão, ela já não estava mais à vista.

Ele fora derrotado antes mesmo de ter começado.

Philip, aparentemente alheio à sua irmã desaparecida, chegou ao lado de Justin no estacionamento. "Graças a Deus", Justin o ouviu murmurar ao passar. "Wi-fi." O adolescente encontrou um lugar em um café enquanto atacava o seu telefone com vigor renovado.

Justin ficou dividido entre entrar na fila da comida e procurar Megan. Ele queria mesmo um café, mas tinha certeza que Trudy ia querer saber onde estava a filha.

Ele chegou a dar alguns passos em direção à fila antes que um instinto primitivo profundo levasse a melhor e ele foi procurá-la.

"Megan!", chamou ele da porta.

"Megan!", chamou um pouco mais alto enquanto se dirigia aos fundos do café.

Ela apareceu quase imediatamente. De forma bizarra, a sua camiseta estava enrolada em volta da cabeça e parecia estar encharcada. Estava sendo seguida por um grupo de crianças, algumas das quais também usavam camisetas sobre a cabeça.

"Ah, aí está você." Ele ficou aliviado por encontrá-la ter se provado tão fácil. "Não desapareça."

Ela o olhou bem nos olhos, riu na sua cara e fugiu com o seu grupo logo atrás. Eles desapareceram ao redor do café uma fração de segundo antes de Trudy aparecer na outra direção.

Justin sorriu para ela. Ele deu alguns passos para trás e tentou ver se as crianças ainda estavam à vista. Nnão estavam.

"Onde está a Megan?", a pergunta veio antes que ele estivesse pronto. Parecia um pouco injusto, um pouco ambíguo.

"Ah, ela está bem."

"Está bem?"

"Sim, ela só está brincando ali." Ele apontou vagamente para a esquerda. "Você quer um café?"

Ela acenou com a cabeça, mas a sua testa estava franzida, ela parecia um pouco desconfiada. Ela deu alguns passos para onde ele tinha apontado.

"Vou buscar um café, então?"

Trudy acenou com a cabeça enquanto procurava por sua filha pela área.

Justin seguiu até o café.

Quando voltou, o grupo de crianças ainda não estava em lugar nenhum.

"Ela ainda está brincando?", perguntou ele.

"Ela veio e fugiu de novo."

"Ela vai voltar."

"Eu sei", concordou Trudy.

"Graças a Deus."

Ele se aproximou dela, consciente de que estavam a sós.

O gigantesco sol africano descia de um céu impossivelmente azul. As montanhas selvagens de Atlas se estendiam à volta deles até onde os olhos conseguiam ver.

"Belo lugar para um café, não é?", aventurou-se ele, entregando-lhe um.

Poderia ter sido um momento romântico, uma experiência partilhada para os aproximar mais. Mas não foi. Nenhum deles tinha nada a dizer que pudesse ser de interesse para o outro.

Justin imaginava que eles partilhavam de muitos interesses. Ele só precisava descobrir quais.

Trudy não era uma criança, então ela sabia que nunca podia haver qualquer faísca, qualquer futuro entre tais opostos.

Eles beberam seus cafés como dois estranhos colocados juntos em um funeral.

"Estranhos" não era uma palavra forte o suficiente. Aqueles encontros distantes nos bairros descolados de Londres pareciam ter acontecido há uma vida inteira quando vistos daqui, nas montanhas.

"Eu não me importaria de fumar", disse ela. "Sabe, para a viagem de ônibus."

Ele não precisava ser convidado duas vezes.

"Boa ideia." Ele sorriu, mas principalmente porque estava muito grato por ela ter quebrado o silêncio. Ficar chapada tiraria o pior do estresse dela, ele imaginou.

Enquanto Justin enrolava um baseado, ela podia ver Philip no café. Bem, ela conseguia ver um pouco do ombro esquerdo dele.

Megan e os seus novos amigos perseguiam um cão em volta do café. Eles apareciam e desapareciam.

Por um momento, tudo estava em paz no mundo.

Justin se deixou fantasiar enquanto enrolava. Ele os imaginou envelhecendo e sendo felizes juntos.

Para ela, Trudy, pela primeira vez naquele dia, não havia uma vontade de matá-lo.

As coisas podiam ainda não estarem perfeitas, mas era definitivamente um passo na direção certa.

Dois baseados mais tarde e eles estavam de volta no ônibus, chacoalhando nas estradas mal pavimentadas.

Trudy estava definitivamente mais dócil. Justin descansou sua mão na coxa dela. Ela o ignorou. Ele tomou isso como um bom sinal.

Estava escuro antes do ônibus parar novamente.

Naquela noite, eles dormiram em uma tenda beduína gigante em algum lugar na costa.

Havia apenas um cobertor para cada um, e a temperatura atingiu zero no meio da noite.

Justin imaginou que era um homem da tribo Berbere.

Trudy se sentiu cem por cento como uma garota da cidade. Ela queria chorar de tanto frio. Estava agarrada firmemente à Megan na esperança de algum calor corporal, mas parecia ser uma via de mão única. A sua filha dormia bem embrulhada em seus braços gelados.

Ela pensou que a manhã nunca chegaria.

Era difícil dizer o que Philip pensava sobre a situação. O seu rosto estava escondido debaixo do capuz.

CAPÍTULO DEZENOVE

No dia seguinte, uma tartaruga voltou a morder Megan durante o café da manhã.

Justin não podia deixar de se perguntar se era uma completa coincidência.

Ela supostamente não a tinha visto no chão, e quando o animal tentou sugar um pedaço minúsculo de maçã do seu dedo do pé, ela ficou histérica.

Frutas e croissants voaram. Uma cafeteira de vidro tombou e rolou para o colo de uma turista alemã imaculadamente vestida.

No fim, Justin teve que escapar para fumar um baseado só para acalmar os nervos.

Essa viagem, no entanto, era diferente daquilo ao que ele estava acostumado. Megan parecia ser capaz de transformar qualquer coisa em um drama. Era cansativo.

Quando voltou para a mesa do café da manhã, tudo já tinha sido resolvido. O garçom tinha cortado uma maçã em pedacinhos. Megan agora estava alimentando a tartaruga.

"Elas também comem moscas", disse o empregado.

Aquele era um fato fascinante, realmente. Ela saiu armada com um mata moscas.

Philip tinha uma conexão wi-fi. Megan estava ocupada caçando moscas.

Tudo estava em paz no mundo.

Enquanto Justin se sentava, ele acenou educadamente para a mulher alemã, que tagarelava. Ele não entendeu uma palavra.

Pegou a cafeteira.

Quando virou, ainda acenando educadamente, a tampa saiu.

O resto do café correu sobre a mesa para o colo da mesma alemã que já tinha sido atingida antes.

Ela gritou e ficou de pé. Com o capuz levantado e os fones de ouvido, Philip não viu o braço dela até ser tarde demais.

A alemã o atingiu bem no nariz.

O sangue começou a jorrar quase de imediato.

A viagem de ônibus foi adiada enquanto Philip era levado até a farmácia local.

O grupo alemão foi suficientemente educado para não culpar de maneira aberta os ingleses.

O guia se ofereceu para levar Philip para ser tratado.

"Eu devia ir também", decidiu Trudy.

Justin acenou com a cabeça.

"Você vai ficar bem?"

"Vamos ficar bem, mamãe", assegurou Megan.

"Sim, eu tomo conta dela", acrescentou Justin.

Trudy realmente virou os olhos.

Ela se virou para Megan. "Se comporte bem, querida", disse ela, a beijou na testa e eles desapareceram.

CAPÍTULO VINTE

O taxista disse a Justin que levaria uma hora para chegar à farmácia, ser atendido e voltar.

Naturalmente, Justin pretendia levar suas responsabilidades a sério.

Ele podia não ter muita experiência com crianças, mas era o adulto. Essas coisas vinham naturalmente, não é? Caso contrário, como a raça humana havia conseguido sobreviver durante tanto tempo? Ela não se afastaria dele tão facilmente como tinha feito no café. Ela havia tido uma vantagem injusta daquela vez. As coisas seriam diferentes a partir de agora.

Ele olhou para ela de forma um pouco duvidosa.

Ela sorriu docemente de volta.

"Vamos tomar um café?", sugeriu ele.

Ela virou seu narizinho. "Eu não bebo café", disse ela, aparentemente achando tal pensamento divertido.

"Sorvete, quero dizer", ele se corrigiu. "Vamos tomar um sorvete?"

Ela acenou com a cabeça. Ela permitiu que Justin pegasse a sua mão, e eles se juntaram à multidão que estava correndo para cima e para baixo na rua principal, a única rua.

Eles encontraram um carrinho vendendo raspadinhas com sabor. O vendedor fez uma algazarra enorme sobre Megan. Ele elogiou Justin pela sua adorável menina em um inglês excelente.

Enquanto andavam sob sol quente tomando seus sorvetes, Justin começou a analisar.

"Ser pai, na verdade, é bastante divertido", decidiu, contradizendo completamente a sua posição dos últimos dias sobre o assunto. Eles vagaram sem rumo até a praia de areia.

Ondas fortes estavam rolando. Um grupo de crianças barulhentas estava brincando na linha da maré. Quando cada onda era despejada na areia, eles gritavam de alegria e tentavam não se molhar.

Megan assistiu transfixada, lambendo o sorvete.

Parecia muito divertido. Quando o sorvete acabou, ela inevitavelmente perguntou: "Posso ir brincar com eles?"

"Claro", sorriu ele. Encantado por poder aceitar o seu pedido. Para poder ganhar alguns pontos extra.

Ela saltou da areia dourada e muito rapidamente estava junto da ação.

Justin achou que devia fazer o papel de adulto e se certificar de que as outras crianças estavam se comportando. Ele se sentou e a observou diligentemente. Não precisava ter preocupado. Ela tinha sido claramente aceita no rebanho como uma amiga há muito perdida e estava logo correndo para cima e para baixo na areia molhada, gritando junto com os outros.

Justin relaxou. Ele descansou nos cotovelos e fechou os olhos por um momento saboreando o calor no seu rosto, a sensação de estar de férias.

Passados alguns minutos, ele sabia que devia dar uma olhada em Megan, por isso se sentou e olhou para a praia. Ele a viu imediatamente correndo e rindo. Ele se deitou novamente e deixou o sol aquecer sua pele.

Quarenta e cinco minutos depois, foi lá onde Trudy o encontrou.

"O que você está fazendo?"

Ele reconheceu a voz instantaneamente. Abriu os olhos. Claro, lá estava ela em cima dele.

Justin sorriu. "Olá", disse ele.

Trudy não estava sorrindo.

"Onde está a Megan?", exigiu ela.

"Ah, merda!"

Rapidamente ele se sentou para a apontar para o grupo de crianças. Só que por algum motivo, as coisas pareciam diferentes. O mar ainda estava lá, embora um pouco mais perto, mas não havia crianças, nenhuma delas.

"Onde ela está?", disse ele.

"O quê?", exigiu Trudy.

Justin sorriu um sorriso inocente. "Bem...", começou ele.

"É ela ali?", perguntou Philip.

Ele apontou para longe pela praia onde falésias gigantescas se erguiam majestosamente até a estrada acima. As ondas batiam na base da rocha e saíam por uma fenda no alto.

Um grupo de crianças, pouco mais do que pequenos pontos, podia ser visto arriscando suas vidas. Revezando para se agarrar à rocha e deixar as ondas molhá-las, esperando não serem derrubadas.

Mesmo a àquela distância, Trudy podia ver que uma das meninas não parecia ser local. "É ela." Aos ouvidos de Justin, ela parecia irritada.

"Nada com que se preocupar, então", ofereceu Justin animado. "Ela está bem."

"Ela está a meio caminho de subir uma montanha, e não sabe nadar", disse Trudy por entre os dentes.

Ela não acrescentou: "Você devia estar vigiando." Mas não precisava. Estava implícito no olhar que ela lhe atirou.

"Ah", respondeu ele. "Eu vou buscá-la, certo?"

Justin correu tão depressa quanto as suas pernas permitiram.

Ele tinha que correr se quisesse chegar lá primeiro; Trudy estava logo atrás dele.

"Megan, desce", chamou ele da base do penhasco.

Uma ou duas das crianças olharam para ele. Megan não era uma delas. Se ele queria a atenção dela, precisava se aproximar.

Ele nunca tinha sido um grande alpinista, mas Trudy estava nos seus calcanhares, e ele percebeu que era isso que ela estava esperando. Então, ao invés de esperar para receber a ordem, ele colocou as mãos na face do penhasco e começou a subir.

Foi um longo percurso para cima, embora Justin estivesse coberto de suor muito antes de atingir qualquer altura vertiginosa.

"Megan", chamou ele, enquanto se agarrava bem.

Isso chamou a atenção das crianças mais próximas. Elas começaram a dar risadas, a tagarelar em marroquino e a apontar para ele. Ele não tinha ideia do que era tão engraçado.

"Megan", chamou ele outra vez, um pouco mais alto.

Dessa vez ela olhou. Ela também riu.

"O que é tão engraçado?"

"Você parece uma zebra", disse ela.

Justin não fazia ideia que tinha dormido debaixo de um pedaço de madeira. Metade do seu rosto tinha ficado muito vermelho, em linhas praticamente simétricas.

"Desça daí!"

Megan se afastou dele, mandando rochas soltas descendo para a praia enquanto subia.

"Vem cá!", gritou ele. "A mamãe está te chamando."

Ela riu.

"Estou falando sério!"

Megan riu novamente e se escondeu atrás de uma menina que também estava rindo e apontando para ele.

Justin fez uma careta.

"Eu sou o adulto aqui."

Ele se forçou a subir um pouco mais alto.

"Só mais um pouco e posso agarrá-la."

A onda furiosa saiu pela fenda com um sopro molhado.

Todos as crianças riram, gritaram e saltaram agilmente para longe.

Justin ficou olhando de boca aberta. Tinha sido pego de surpresa. Ele fechou os olhos uma fração de segundo antes da onda o atingir. Ele os manteve fechados e bateu na rocha sólida e implacável. Depois caiu na areia, vendo estrelas através das suas pálpebras enquanto flexionava discretamente os músculos. Se examinando à procura de ossos partidos.

"Você está bem?"

A voz suave de Trudy rompeu a sua dor.

"Vai ser preciso mais do que isso..."

A frase permaneceu inacabada porque uma pedra caiu a centímetros da sua cabeça.

As crianças no penhasco não simpatizavam de forma nenhuma com a sua situação. Elas estavam juntando pedras o mais rápido que podiam e atirando nele. Não era nada pessoal, apenas uma brincadeira.

Ele recuou rapidamente, provando que nenhum osso estava quebrado.

Por fim, Trudy conseguiu persuadir a filha.

CAPÍTULO VINTE E UM

Justin tentou não mancar muito quando eles começaram a caminhada de volta à cidade. Na rua principal, passaram por um vendedor ambulante que vendia crepes.

"Posso comer um, mamãe?", perguntou Megan.

Havia uma placa de papelão oferecendo Nutella como uma das coberturas.

"Com Nutella", acrescentou Megan quando os seus olhos caíram sobre a imagem de algo que ela realmente reconheceu.

"Vamos todos comer um?", sugeriu Justin.

Não havia lugar para sentar. Eles foram forçados a comer onde estavam. A perna de Justin latejava, mas ele escolheu sofrer em silêncio. Não tinha certeza de quanta simpatia receberia e não queria arriscar a decepção.

Enquanto comiam, duas garotinhas se aproximaram, uma com as mãos estendidas. As suas roupas estavam tão empoeiradas que elas pareciam ter caminhado pelo Saara durante dias. A mais velha tinha cerca de sete anos de idade. Ela parou na frente de Justin.

"Senhooor", ela repetiu várias vezes com as mãos estendidas.

Justin se sentiu horrível. Não porque a pobreza o

perturbava. Mas porque a sua cabeça ainda girava de ter caído das rochas e porque as moscas não paravam de voar ao redor do corte na sua perna.

Ele balançou a cabeça; ainda assim a mendiga persistiu.

"Não", gritou ele com firmeza antes de continuar a morder o seu crepe ainda quente demais. Ele desviou o olhar.

Olhando em retrospecto, percebeu que não devia ter tirado os olhos dela, mas era por isso que o retrospecto era uma coisa tão maravilhosa.

Ele sentiu algo no quadril e olhou para baixo para ver a mendiga tentando colocar a mão dela no seu bolso.

"Vai se foder!", gritou ele, saltando para trás.

Ninguém mais tinha visto o que acabara de acontecer.

"Não fale assim com ela", reclamou Trudy.

"Ela estava tentando me roubar." Ele estava indignado.

"Não seja ridículo."

"Ela estava", insistiu ele.

"Qual é o seu problema?"

"Ela estava tentando me roubar."

Trudy balançou a cabeça com pena. "É triste", disse ela.

"Eu juro..."

"Deixa para lá, tudo bem?", murmurou Trudy. Ela estava falando em um tom escolhido para não assustar as crianças.

"Todo mundo está voltando para o ônibus", disse Philip.

Trudy tentou pensar em um motivo para não entrar; não estava ansiosa por uma longa viagem.

"Camelos!", gritou Megan enquanto passava por Justin na sua pressa de subir os degraus.

"Ai, minha perna!"

A parada, o sol e o movimento do ônibus logo fizeram com que a maioria dos passageiros idosos começasse a dormir.

Justin conseguiu se espremer no canto do banco de trás e finalmente descansar um pouco.

Philip brincava com o celular enquanto Trudy distraía Megan.

Quando o ônibus parou e Justin acordou, ele já se sentia muito melhor.

"Já chegámos?", perguntou Megan acima do barulho dos freios hidráulicos.

"Ainda não, querida."

Um novo anúncio pelo alto-falante. Eles esperaram pela tradução inglesa. "Esperamos que tenham gostado da viagem. Se sim, há um prato junto à porta quando saírem. Fiquem à vontade para mostrar o seu apreço pelo motorista."

Quando a versão inglesa terminou, eles eram os únicos passageiros restantes a bordo.

"Parecia muito mais longo em alemão", observou Trudy.

Justin encolheu os ombros.

Ao desembarcarem, Trudy se sentiu obrigada a deixar algumas moedas no prato. Era o mínimo que ela podia fazer depois das travessuras da filha.

Megan estava de pé em cima de uma parede de pedra, com as mãos na cintura, observando ao seu redor.

"Não consigo ver nenhum camelo", anunciou ela, sem se preocupar em esconder a sua decepção.

Um local de túnica fluida assobiou para chamar a atenção dela.

"Camelos, por aqui", disse ele em inglês.

"Por aqui, mamãe", chamou Megan por cima do ombro, já correndo em direção ao estranho.

"Camelos?", o homem dirigiu sua pergunta à Justin, que acenou com a cabeça.

"Ali", ele apontou para um jipe.

A maioria dos outros passageiros do ônibus estavam sentados em mesas, claramente esperando por comida e bebida; mas alguns estavam subindo a bordo do jipe amarelo empoeirado.

"Mais viagens?", perguntou Philip.

"Camelos", repetiu o homem e apontou mais uma vez.

Em breve eles estavam atravessando o Saara em um jipe aberto. Balançando tanto que conversar era impossível.

Justin tinha que admitir que aquilo o estava fazendo esquecer dos ferimentos da escalada.

Trudy estava apertando bem os dentes. Era a única maneira de impedir que eles batessem uns nos outros.

A frase "Eu estou presa no inferno" cruzava repetidamente a sua mente.

Megan não estava afetada pelo desconforto. Ela saltava no seu assento como a criança animada que era.

"Ainda não consigo vê-los", disse ela.

"Não há árvores", observou, "Ainda não consigo ver nenhum", ela os informava a cada trinta segundos.

"Não tem wi-fi", Philip murmurou baixo.

A sua mãe encolheu os ombros.

"Eles vão ter wi-fi quando chegarmos lá?", ele queria saber.

"Não sei, querido", disse ela.

Eles estavam no topo de uma duna gigante. Em todas as direções, até onde os olhos podiam ver, não havia nada além de areia fina e dourada. Sem árvores, sem plantas de qualquer tipo. Sem edifícios, nem sequer uma rocha solitária, apenas areia, areia e mais areia. Era árido, desolado e assombrosamente belo.

Finalmente, o jipe começou a subir.

"Olha, Megan!", apontou Trudy.

Abaixo, os camelos estavam se levantando. Megan saltava animada conforme os via.

Ela estava extasiada e queria que todos soubessem.

"Olha, mamãe!" Puxando forte o braço de Trudy.

"Sim, querida, eu estou vendo."

"Olha, Philip!"

Ele arrancou o braço após o primeiro puxão.

"Camelos!", gritou ela a Justin, e ele se perguntou se os seus ouvidos parariam de zunir.

Através da névoa de calor, os animais se levantaram preguiçosamente e, sob a direção do chicote do pastor, formaram uma linha curva.

Sendo um veículo aberto, os gritos agudos de Megan não se restringiam ao interior do jipe. Em vez disso, eles ecoavam no anfiteatro natural das dunas. Ela adorava aquilo; isso a encorajava a gritar mais alto.

Trudy pensou que a sua cabeça ia explodir.

Finalmente, eles chegaram à base, e os gritos desapareceram.

Trudy nunca tinha ficado tão grata.

"Vou esperar aqui", disse ela.

"Não, mamãe."

A menina arrastou a mãe para um olhar mais atento.

"Olha como eles são grandes." Trudy nunca tinha estado tão perto de um camelo antes.

O pastor berbere viu como ela olhava para as suas criaturas. Ele já tinha visto nervosismo de principiante antes. E também tinha um olho para moças bonitas.

"Você pega o camelo número um? Muito seguro, eu a levo pessoalmente."

Ela ainda parecia em dúvida.

"Tenho muita experiência", declarou orgulhosamente o nômade do deserto, apontando para o seu peito como se fosse o fim da questão.

Ela teve que admitir que ele tinha o visual com o seu bronzeado profundamente enraizado, túnica fluida e lenço de cabeça tradicional.

"Está bem", concordou ela relutante.

"Qual é o nome dele?", perguntou Megan.

"Rafael", disse ele.

"Olá, Rafael." Ela já estava o acariciando no nariz.

"É seguro tocar nele?", perguntou Trudy cuidadosa.

"Sim, sim, ele é muito amigável. Ele gosta de menininhas."

Megan gostou de ouvir aquilo.

"Você acha que ele gosta de mim?", quis saber ela.

"Aqui." O homem veio até ela e gentilmente pegou a sua mão. "Faça carinho nele aqui, assim. Ele gosta disso. Assim, não." Ele voltou ao que ela estava fazendo. "Assim", ele trocou novamente. "Se fizer isso, ele vai gostar de você, com certeza."

Megan sorriu e continuou o movimento sozinha depois dele ter recuado.

O homem olhou para Trudy. "Espere aqui", disse ele, e enrolando as vestes à sua volta, foi organizar o resto dos outros clientes. Trudy podia esperar. Ela seria a última a subir na sela. Ele dava sempre aos nervosos o mínimo de tempo para se desistirem.

Ele parou em cada camelo até ao fim do comboio. Conversou um pouco aqui, verificou os estribos ali, brincou com uma senhora que viajava sozinha. O tempo todo, ele trocava com facilidade de uma língua para outra. Não parecia estar com muita pressa. Ninguém estava. Exceto Megan, que mal conseguia se conter quando ele finalmente retornou até eles e içou Trudy. E com Megan empoleirada precariamente no seu colo, o comboio partiu.

O camelo deles usava um arreio, preso a uma corda. A outra ponta estava firmemente na mão do nativo. Trudy começou a relaxar. Ela olhou para trás e viu que o seu filho não estava onde deveria estar.

Instantaneamente qualquer sentimento de calma se evaporou.

Philip devia estar atrás dela, mas não estava. Em vez disso, ela estava olhando para um jovem turista alemão. Um que se tinha esforçado muito para se tornar meio nativo. Tinha não só um lenço tradicional enrolado na cabeça, como também tinha caprichado na túnica. Bom, uma versão turística das túnicas berberes que ele provavelmente tinha comprado no mercado de

Marraquexe. Claramente, ele se imaginava como uma espécie de Lawrence da Arábia.

À volta do seu pescoço estava uma grande câmera fotográfica Pentax. Ele pretendia documentar essa viagem de uma vida, e sem dúvida aborreceu seus amigos e familiares durante meses depois de voltar para casa.

Então Trudy viu Philip no camelo atrás dele. Acontece que os camelos preferiram se alinhar desta maneira, e ninguém tinha lhe contado da mudança de planos.

Atrás de Philip, havia um grupo de turistas que se divertiam, na sua maioria, usando lenços berberes da loja de presentes e parecendo bastante satisfeitos consigo mesmos. Por fim, vinha Justin.

Ele tinha visto Trudy oscilar enquanto seu camelo se movia e como ela se agarrava firmemente à Megan e temia o pior. Ele tentou ficar de olho nelas. Mas enquanto o caminho se contorcia através das dunas, elas inevitavelmente se perdiam de vista.

Ele desviou a atenção e se concentrou no seu próprio passeio.

Foi ótimo.

Ele começou a relaxar, a pensar.

Assim que se convenceu de que tinha dominado o navio do deserto, o seu camelo tropeçou na borda de uma duna particularmente íngreme e se inclinou violentamente para a frente. Com Justin agarrado ao seu pescoço, o camelo começou a cair para o outro lado. Justin se agarrou bem e conseguiu evitar uma catástrofe.

O camelo o levou em segurança para cima e para baixo de mais algumas dunas antes que a sua confiança voltasse completamente. Só então ele arriscou espreitar à frente tentando encontrar Trudy.

Na frente do comboio, ele mal conseguia ver a figura que conduzia um camelo. Eles estavam tão à frente que se esqueceu deles. Ao invés disso, ele se concentrou em apreciar a sua viagem. Isso era, afinal, algo que talvez nunca mais tivesse a oportunidade de experimentar.

E que experiência, que animais magníficos eles realmente eram! Sentiu-se como um herói de ação em um romance de aventura. Ele adorava a forma como o animal pendia de um lado para o outro, ao mesmo tempo em que jogava o seu corpo largo para trás e para a frente enquanto navegava pelas dunas sem fim.

"E pensar que eles têm carregado pessoas por essa mesma areia há centenas de anos." Aquilo o deixou impressionado.

Ele fingiu ser Indiana Jones. Fantasiou até à parada de descanso designada.

"Isso foi ótimo!", anunciou ele ao sair.

Ele estava sorrindo para Trudy, Megan, e para a nuca de Philip. Nenhum deles devolveu o seu entusiasmo.

"Não foi?", acrescentou com a excitação na sua voz diminuindo um pouco.

"A mamãe está suja de sangue", respondeu Megan.

"Não, ela não está", respondeu Justin em tom de brincadeira como se aquilo fosse ridículo.

Trudy se virou, e havia de fato uma mancha vermelha nas suas costas. Mas era difícil dizer se era sangue.

"Isso não é sangue", disse ele, confiante, com um tom de descrença.

Ambas olharam para ele, Megan franzindo a sobrancelha, Trudy olhando horrorizada. Até Philip balançou a cabeça para Justin como se quisesse dizer que não havia ajuda para algumas pessoas, antes de desaparecer sem uma palavra debaixo do seu capuz.

"É sangue de camelo", declarou Megan.

"Pelo menos não é humano", ele foi tentado a dizer, mas decidiu não.

"Como é que alguém fica com as costas cobertas de sangue

de camelo?", disse ele.

"Costas cobertas?", aquilo soou como se fosse novidade para Trudy.

"Nas suas costas", corrigiu ele, mas era tarde demais, ela já estava arrancando a blusa.

Ele não conseguiu evitar encarar.

"Nossa, sutiã de renda preta", pensou ele. *"Concentre-se",* reclamou consigo mesmo, e estava se sentindo culpado o suficiente para evitar de olhar.

"Ah, porcaria!", murmurou Trudy enquanto inspecionava a peça suja.

"De um camelo", respondeu Megan, ainda fazendo malabarismos mentais com a pergunta idiota dele. "Você se suja com sangue de camelo de um camelo."

"Sim, sim." Justin sorriu sarcasticamente para mostrar que sabia disso. "Mas como que conseguiu sujar a mamãe?"

"Não foi o que a mamãe estava montada, tonto."

"Como é que eu sou o tonto aqui", pensou ele, sabendo muito bem que era irrelevante.

Megan apontou para o turista alemão que tinha estado no segundo camelo.

"Ele deixou a câmera cair e tentou pegar. Ele fez seu camelo empurrar o nosso, então o nosso chutou o dele na cara. Ele balançou a cabeça e o sangue voou por todo o lado e um pouco bateu na mamãe. A culpa foi dele."

Ela apontou novamente para o jovem alemão, cuja câmera muito cara tinha acabado de ser engolida pela areia, para nunca mais ser vista de novo. Ele não parecia feliz.

Megan levantou as sobrancelhas. "Eu não estava nada assustada." Ela quis deixar isso claro antes de encolher os ombros como quem diz "o que você pode fazer?". Era adorável.

Eles aproveitaram um piquenique no deserto, mas Trudy estava temendo tanto a viagem de volta que não conseguia comer. Megan, no entanto, não conseguia descansar, estava impaciente para voltar a montar.

Trudy queria ter concentração total se fosse voltar a escalar a besta gigante. Então Megan subiu com Justin, um acordo que deixou Trudy um pouco mais feliz, então naturalmente ele ficou feliz em concordar.

Havia um prazer genuíno em testemunhar a alegria de Megan, e tudo o que ele tinha que fazer era agarrá-la com força. Isso confirmou a sua suspeita de que a paternidade era muito mais fácil do que as pessoas diziam.

Megan estava muito cansada quando subiram no ônibus para Marraquexe.

Ela dormiu quase no momento em que partiram.

CAPÍTULO VINTE E DOIS

Quando eles voltaram para o hotel, Philip estava direto no celular e não podia ser contatado de outra forma. Trudy levou Megan até o quarto para prepará-la para dormir, e Justin teve algum tempo para ele.

Ele caiu sobre as almofadas em volta da mesa de ferro e enrolou um grande baseado. Considerou se levantar para admirar a vista da cidade, mas o seu corpo estava doendo após o castigo do dia, e ele não queria ficar de pé. Contentou-se em sentar-se ali, ouvindo os sons da cidade.

Ele estava fumando o seu terceiro baseado antes que alguém se juntasse a ele. Megan apareceu primeiro. "Tinha água quente", anunciou ela alegremente.

"Isso é bom", respondeu Justin.

Trudy apareceu pouco depois da sua filha. Para Justin, ela parecia uma estrela de cinema recém-saída do banho.

"A água quente fez vocês duas brilharem?", observou ele.

Megan se olhou de cima abaixo. Depois fez o mesmo com a mãe. "O cabelo da mamãe é bonito e brilhante", concordou. A inocência dela era fofa.

Megan tinha gostado muito do seu dia. Ela foi para a cama

de bom grado para variar, entendendo que amanhã seria igualmente divertido. Adormeceu assim que bateu no travesseiro.

Trudy veio se juntar a ele nas almofadas; até puxou um pouco dos seus baseados super carregados.

"É agora", disse ele a si mesmo. *"Esse é o seu momento, diga algo bonito, caramba!"*

"Desculpe", disse ele, "sobre hoje." Ele lhe passou o baseado como uma espécie de oferta de paz.

Ela hesitou brevemente, pegou, olhou-o bem nos olhos e sorriu.

"Ok".

"Aleluia!", pensou ele. *"Podemos começar de novo. A partir daqui."*

Justin ficou aliviado por ela não o ter pressionado sobre o que ele estava pedindo desculpas. Ele não queria fazer uma lista. E se deixasse escapar alguma coisa que ela considerou importante? Uma dissecação ponto a ponto do incidente na praia não ia ajudar ninguém.

Trudy inalou profundamente antes de soprar uma nuvem de fumaça pela noite dentro. Depois ela se virou para o encarar e perguntou: "Por que você está pedindo desculpas?"

"Hein?", ele estava confuso.

Ela o deixou se contorcer por um minuto e depois deu um meio sorriso para mostrar que o estava provocando.

"Eu devo apenas aceitar as desculpas e seguir em frente?", sugeriu ela gentilmente.

Ele acenou com a cabeça, grato.

Ela tocou a palma da sua mão. "Você está perdoado."

O toque dela enviou faíscas correndo pelo seu braço, pela virilha, pela sua mente.

"É agora", pensou ele. Ele começou a se inclinar para um beijo.

"Mamãe?"

Uma vozinha tirou um pouco da magia. "Não estou com

sono agora." Megan apareceu. Ela engatinhou pelas almofadas e subiu no colo da mãe.

"Você viu a Yaya?"

"O quê?", perguntou Justin.

"A minha tartaruga", explicou ela.

"Vá para a cama", disse Trudy.

"Vamos para a praia amanhã?"

"Se você for para a cama, talvez sim."

Ela considerou aquilo por um momento e, aparentemente satisfeita, desceu do colo da mãe. Eles a viram passar os azulejos. Ela parou na porta do quarto e se virou para encará-los,

"Boa noite, mamãe, eu tive um dia ótimo", disse ela.

"De nada, querida", respondeu Trudy alegremente.

"Vou para a cama agora", explicou ela para benefício de Justin.

"Boa noite", disse ele.

"Onde nós estávamos?", disse Justin uma vez que estavam sozinhos.

"Te vejo amanhã." Trudy se levantou. "Estou cansada. Quero ter certeza de que ela está bem."

Nem um beijo na bochecha.

"Boa noite, então", disse ele, soando um pouco decepcionado.

Ele ficou acordado sozinho e muito chapado.

CAPÍTULO VINTE E TRÊS

No dia seguinte, Justin dormiu demais. Quando apareceu da sua caverna, os outros já tinham saído.

Ele pediu um café na recepção e começou a desfrutar de uma manhã preguiçosa fumando maconha e lendo o seu livro.

Na hora do almoço, ele saiu para um lanche pouco antes deles voltarem. Quando voltou, eles já tinham saído outra vez.

Só ao final da tarde é que se encontraram.

Trudy apareceu no alto das escadas parecendo refrescada, radiante e linda.

"Você está ótima", disse ele.

"Obrigada."

Ela estava cheia de sacolas de supermercado e estava tão bonita que ele foi ajudar.

"Vocês foram às compras."

"Sim", disse Megan. "Compramos tomates, pepino, carne de caranguejo, e o que mais temos, mamãe?"

"O Justin vai colocar tudo em cima da mesa. Então você pode ver", ela respondeu com um sorriso. "Tudo bem assim?"

"Ele vai cozinhar?", ela parecia desconfiada.

"Não, eu vou, querida, está bem?"

Como resposta, ela acenou com a cabeça e foi se sentar à mesa.

"Esvazia as sacolas, então", ordenou ela.

"Claro que sim."

O que mais ele podia dizer?

Eles passaram a noite no hotel. Philip no telefone, Trudy preparando a comida e Megan brincando calmamente com Malik enquanto Justin fumava maconha.

As provações e tribulações de ontem foram deixadas no passado. Eles estavam vivendo uma cena de felicidade doméstica no telhado. Isso era o que Justin considerava férias.

Trudy obviamente concordava. Passado um tempo, ela veio e se sentou ao seu lado. Ele ficou esperançoso. Não sabia que ela parecia tão relaxada porque tinha acabado de passar um dia sem ele.

Trudy mal tinha se sentado quando, "Vou para a cama agora", anunciou Megan.

Foi tão inesperado que a sua mãe verificou instintivamente o relógio.

"Desculpe?", perguntou ela.

"Vou para a cama agora, estou cansada."

"Eu vou te cobrir", ofereceu Trudy para não se levantar tão cedo depois de se sentar.

"Tudo bem, mamãe, eu escovei os dentes." Ela veio e respirou em cima dela para comprovar.

"Você não costuma ir para a cama sozinha." Trudy estava confusa.

"Sim, eu sei."

Sua filha olhou de relance para Justin e Trudy percebeu que essa era uma espécie de postura sobre ser adulta e tomar as suas próprias decisões.

"Ok." Ela sorriu e a beijou no nariz.

Megan foi embora.

Enquanto a assistiam partir, Justin deixou sua mão vagar

pela de Trudy. Ela não se afastou, mas os dedos dela também não se enrolaram à volta dos seus.

"Eu tenho que ir colocá-la para dormir", disse ela. Claramente, ele ainda não tinha toda a sua atenção.

E algo no seu tom deu a Justin motivos para se preocupar. Eles estavam perto; ele não queria que ela se distraísse agora.

"Ela vai ficar bem", respondeu ele. "Ela está logo ali. Você pode ver a porta. Não há outra saída."

Ela franziu o nariz, o que significava: "Não tenho certeza."

"Vamos nos aconchegar e vigiar aquela porta como os fuzileiros americanos", sugeriu ele, enfatizando a parte "aconchegar" do plano.

"Bom", ela começou, como se estivesse pensando naquilo.

Ele se atreveu a ter esperança.

Depois ela o empurrou para longe.

"Só vou ver como ela está."

Ela sorriu docemente, reconhecendo o desapontamento dele. Mas a magia tinha desaparecido. Teria que ser construída de novo. Ele se sentiu privado, embora tenha se animado ao vê-la atravessar o terraço.

"Que corpo, ela vale a espera. Nós temos a noite toda."

Justin se perdeu imediatamente em pensamentos. Não percebeu que estava sorrindo.

"Ah, essa é a vida!

Foi preciso um grito para trazê-lo de volta à realidade. Um grito alto, feminino.

Ele não tinha certeza se era Trudy ou Megan. Então veio outra vez.

"É a Trudy", decidiu ele. Estava igualmente preocupado em saber se tinha adivinhado corretamente sobre o que era a gritaria.

Ele considerou aquilo digno de ser investigado.

Quando se levantou, um gato veio voando do quarto da

garota. Quando ele já tinha atravessado metade do terraço, outros o seguiram.

Eles se moviam rápido, e continuavam vindo, então era difícil ter certeza, mas ele achou que tinha contado cinco.

Ele chegou ao quarto quando Trudy cambaleava até a porta.

"Ela trouxe um peixe da praia!"

"Ela está histérica", pensou ele. *"Eu não devia dizer histérica. As garotas não gostam de serem chamadas de histéricas"*, ele se corrigiu, acenou um pouco como se estivesse concordando com ela, mas mais porque tinha feito um acordo consigo mesmo. *"Tem problema dizer isso para si mesmo?"* ele se perguntou.

"E ela tem chamado os gatos com isso!", gritou Trudy.

"Tudo bem se ela estiver mesmo sendo histérica?", permitiu ele.

"O quê?", ele ofereceu tudo o que tinha.

"Um peixe!", ela o encarou. "Gatos!", sibilou ela, e ele ficou com a sensação de que a culpa era sua. Não foi nada romântico.

Era como se ele tivesse enchido o quarto de gatos. Ele se sentiu tentado a se opor.

"Você está histérica", disse ele, mas só para si mesmo.

"Sabe de onde ela tirou o peixe?"

Ele decidiu não dar palpites.

"Quando ela estava na praia com você", cuspiu ela.

Para Justin, parecia que ela não tinha deixado aquilo no passado. Apesar de, tecnicamente, eles terem concordado em esquecer o que aconteceu.

Ele se consolou chamando-a de histérica novamente. Mas obviamente não em voz alta; apenas onde era seguro fazê-lo, em privado.

No fim, ele não precisou responder. Eles foram interrompidos por outro grito.

Esse também era de origem feminina, mas veio de uma fonte muito mais jovem.

"É a Megan", adivinhou ele, resistindo ao impulso de sorrir, essa era fácil demais.

Quem mais poderia ser? Até veio do quarto dela.

Megan veio até porta, agarrando desajeitadamente um gato descontente.

"Ele me arranhou", declarou ela.

"Coloque ele no chão!", gritou Trudy.

O gato se mexia furiosamente. Megan o deixou cair, mas não antes de levar outro arranhão por todo o comprimento do braço esquerdo.

"Ele me arranhou outra vez!", uivou ela.

"Solta ele!", ordenou Trudy.

"Tem pelo na minha boca", gritou Megan, e a realização a deixou completamente louca.

CAPÍTULO VINTE E QUATRO

O hospital estava impecável.

Justin olhou para Trudy.

"Viu", disse ele. "Está tudo bem."

Ela acenou um pouco com a cabeça. Reconheceu que ele tinha razão.

Era sem dúvida um hospital muito limpo, mas estava cheio. Havia funcionários para todo o lado, suas posições aparentemente determinadas por uma variedade de túnicas coloridas.

Os doentes e necessitados certamente não eram negligenciados no departamento de cuidados. E por via das dúvidas, cada paciente parecia ter pelo menos cinco membros da família acompanhando, na sua maioria mulheres.

Justin e Trudy se sentaram e esperaram em frente a dois grupos familiares, alguns dos quais estavam chorando de luto.

Justin se divertiu tentando decidir se a angústia deles era real ou imaginada.

Havia uma mulher vestida com roupas ocidentais com um lenço amarelo brilhante enrolado no cabelo. Justin julgou que ela tinha trinta e poucos anos. Ela estava chorando em um lenço.

"Isso é real", julgou ele.

Ele fingiu que o fato dela ser extremamente atraente não estava turvando o seu julgamento.

Uma mulher muçulmana idosa vestida de preto da cabeça aos pés e balançando os calcanhares, gritou em voz alta para que todos pudessem ouvir.

"Dramático demais", decidiu ele. *"Fingindo."*

Ele voltou a olhar para Trudy.

Ele sorriu, tentando mostrar que tudo estava perdoado. Para mostrar que, por mais absurdas que tivessem sido as suas acusações no táxi, eles agora eram novamente amigos. Ela tinha gritado com ele a centímetros do seu rosto. Chamou ele de coisas terríveis.

"De onde é que veio isso?", ele se perguntou outra vez.

Mesmo assim, tudo tinha sido esquecido.

"Bem, não exatamente esquecido", admitiu ele. *"Mais colocado na lista com todas as outras recriminações amargas e enterrado profundamente".*

Eles olharam um para o outro.

Justin voltou ao seu jogo de luto genuíno ou rainha do drama. De vez em quando ele olhava para Trudy.

"Pelo menos ela não está chorando", pensou ele.

Ele não insistiu no fato de que *"pelo menos ela não está chorando"* não era exatamente a marca de férias memoráveis.

"Pelo menos os hospitais são simpáticos", disse ele a si mesmo, e se agarrou a esse fato como se fosse uma coisa boa. Algo que ele diria às pessoas quando falasse sobre a viagem.

Finalmente, Megan apareceu. Um jovem com uma túnica branca a estava levando na direção deles. Uma mulher com uma túnica azul caminhava ao lado, segurando a mão de Megan.

O arranhão gigante tinha sido pintado com iodo e agora estava preto e impossível de perder. Megan estava usando um adesivo gigante de um sapo de desenho animado sorrindo. Ele cobria todo o seu peito.

"Olha, mamãe, tenho um adesivo de bravura", anunciou ela com orgulho enquanto eles baixavam de nível.

"Que bom, querida", respondeu Trudy.

"Vocês são os pais?", a enfermeira estava se dirigindo a Justin.

Ele achou que devia explicar. "Bem, não, eu não sou o pai dela, mas sim, mais ou menos, ela está conosco, você sabe como é hoje em dia."

A enfermeira franziu a sobrancelha, intrigada.

"Eu sou a mãe dela", interveio Trudy.

CAPÍTULO VINTE E CINCO

"O que vamos fazer hoje?", Justin perguntou durante o café da manhã.

"Você ouviu a enfermeira, a Megan tem que descansar."

"Vou ficar lá embaixo." Philip preferia a área da recepção onde ele podia ter sinal de wi-fi garantido.

"Então eu vou dar uma volta", disse Justin.

"Tudo bem."

Ele passeou pelas ruas estreitas de Marraquexe até encontrar o que procurava:

"Haxixe!"

A palavra foi sibilada para ele. As suas orelhas captaram. Ele parou e permitiu que o sussurrador o acompanhasse.

"Quanto?", perguntou Justin.

Logo ele estava de volta ao telhado. Ele tinha um litro de água gelada. Dois chocolates rotulados em árabe, mas que pareciam muito com uma barra Mars e um Twix. E ele tinha um pedaço de haxixe tão macio que podia enrolá-lo em um baseado sem sequer aquecê-lo.

O terraço estava vazio. Ele se sentou com um suspiro. Se

estivesse sendo honesto, era bom ter um pouco de tempo para si mesmo.

Quem diria que viajar com crianças poderia ser tão estressante? Quem iria adivinhar que você tinha que vigiar os pequenos constantemente? Ele se perguntava como é que os pais conseguiam desfrutar de uma vida própria.

Mas se consolou como pôde. A falta de entusiasmo de Trudy em relação à vida sexual deles não tinha obviamente nada a ver com ele e tudo a ver com o fato de ela estar sempre como babá.

Ele soprou uma nuvem enorme de fumaça sobre a cidade e jurou ajudá-la com isso.

CAPÍTULO VINTE E SEIS

Megan se recuperou depressa.

Eles estavam no terraço tomando café da manhã juntos quando Justin sugeriu à Trudy que tirasse algum tempo de folga.

Ela olhou para ele, "Perdão?"

"Você pode ficar aqui e relaxar", disse ele. "Você teve alguns dias difíceis."

Ela foi apanhada ligeiramente de surpresa.

"Você está falando sério?"

"Claro que sim. Por que não? Sabe, dividir o fardo da responsabilidade. Eu sou um adulto para você agora."

"Bem, sim, eu sei. Se tiver certeza?"

"Claro que tenho certeza", disse ele, escolhendo ignorar a expressão de preocupação dela. "Eu vou levar ela para passear." Ele se virou para Megan.

"Vai ser divertido, não vai?"

"Vai ter tartarugas?", perguntou ela.

"Sim, eu espero que sim."

"Eu quero ir com ele", declarou Megan.

"Você vem, Philip?", aventurou Justin.

O adolescente encolheu os ombros sem tirar os olhos do telefone. Justin tomou aquilo como um "sim".

"Então está decidido." Ele sorriu para Trudy.

"Ok", concordou ela, sem parecer tão grata como ele supunha que ela deveria estar.

"Quão difícil pode ser? Ela precisa ter um pouco mais de fé', pensou ele.

Justin estava determinado a não fazer besteira. Uma vez que Megan foi coberta com protetor solar, eles saíram juntos. Os três amigos foram até as ruas movimentadas de Marraquexe.

"Vamos para a praça?", sugeriu ele. "Talvez tomar um café?"

Megan lhe deu uma olhada. "Eu não bebo café, tonto", respondeu ela.

"Já provou alguma vez?"

"Não", admitiu ela.

Ela sempre presumiu que era muito nova para café. Ele parecia estar insinuando que aquele não era o caso. Ela estava intrigada.

"Acho que podíamos tomar um café", decidiu ela.

Megan estava se sentindo muito adulta. Obviamente sendo tão madura, ela não precisava segurar na mão dele. Ela se soltou tão suavemente que ele nem reparou.

"Que tal ali?", ela apontou para um café no limite da praça.

Justin sorriu e se dirigiu a ele.

Havia uma mesa vazia na larga varanda onde todos se sentaram.

"Isso serve, hein?", disse Justin.

Megan observou o ambiente, se sentindo muito adulta.

"Sim", concordou ela. "Isso vai servir."

"Está bem, Philip?", perguntou Justin.

Ele grunhiu sem olhar para cima. Justin tomou aquilo como um "sim".

"Então, o que vamos fazer depois?", perguntou à Megan.

"Ver as tartarugas", atirou ela de volta.

Ele sorriu quando o garçom se aproximou. Justin não via o porquê de tanta confusão. Cuidar de crianças era fácil.

"Senhor?", o garçom tirou o bloco de notas e a caneta. Preparou-se para receber o pedido deles.

"Café!", disse Megan em voz alta.

"Por favor", disse Justin. "Não esqueça de dizer 'por favor'."

"Por favor", acrescentou ela.

O empregado balançou o dedo para ela. Ele apertou os lábios. Parecia preocupado.

"Sem café", disse ele.

"Por favor."

"Desculpe, sem café."

Ela olhou para ele por um segundo, e depois bateu o seu pequeno punho na mesa.

"Café!", gritou ela. "Eu quero café!"

"Está tudo bem." Justin teve de levantar a voz para ser ouvido. "Ela pode", ele acrescentou a título de explicação.

"Chá?", o empregado parecia estar sugerindo.

"Café!", respondeu ela, mais alto.

Depois virou a mesma palavra repetidamente acompanhando o ritmo das pancadas na mesa.

"Café, café, café."

No fim, eles não vendiam café naquele estabelecimento em particular. Nem nos três seguintes que eles tentaram. Todos eles vendiam chá de menta. Todos eles tentaram fazer a menina parar de chorar. Todos a fizeram piorar.

"Eu podia deixar ela aqui", pensou Justin, "só por um minuto para organizar a minha cabeça. Ela seria fácil de encontrar de novo. Basta seguir o som dos gritos dela".

Ele estava reavaliando a facilidade da paternidade quando algo cortou os seus pensamentos. Alguma coisa estava errada. Ele sondou o ambiente, procurando por algo fora do lugar.

Então, ele percebeu que os gritos tinham parado.

"A gritaria parou. É isso que está diferente."

Ele estava a meio caminho de se felicitar quando de repente lhe ocorreu que ele também não podia mais vê-la.

Ele procurou pela multidão.

"Philip!", ladrou ele, e a sua voz tinha algo que fez o adolescente aparecer. "Onde está a sua irmã?"

Philip encolheu os ombros e voltou a atenção para o telefone.

"Megan!", gritou Justin.

Ao som do seu nome, ela se levantou. Ela tinha se agachado para inspecionar uma pequena gaiola de tartarugas. Escondida atrás das pernas de uma multidão de pessoas.

"Olha", disse ela, de olhos arregalados e entusiasmados. "Quantas podemos levar?"

Justin tinha ficado branco. Perdê-la, depois encontrá-la novamente, tão cedo e tão perto, e tão obviamente ilesa, brincou com os seus nervos.

"Olha", disse ela novamente, alheia ao seu tormento.

As tartarugas tinham cerca de dois centímetros de comprimento. Megan tinha três delas rastejando em uma fila no seu braço. Ela estava tentando esconder uma quarta na manga.

Justin respirou fundo. Ele se recompôs. Ele se agachou ao nível de Megan e sorriu, esperando transmitir calma.

"Uma", disse ele. "Você pode levar uma."

"Isso não é justo."

Ele tirou o animal de dentro da manga dela e o entregou ao vendedor.

"É justo."

Ele se levantou e puxou a carteira.

"Quanto por uma?", perguntou ao homem.

"Seiscentos diremes". O homem sorriu para ele.

"O quê?", Justin ficou chocado.

Ele fez um cálculo rápido.

"Eu podia comprar trinta gramas de haxixe com isso."

"Não, sério." Ele sorriu para mostrar que tinha entendido a piada. "Quanto?"

"Seiscentos", repetiu o homem, estendendo a mão.

Parecia um assalto à luz do dia, mas ele pagou.

"Vamos lá", disse ele. "Segure a minha mão".

"Não posso", se opôs Megan.

Ele estava prestes a lhe dar uma palestra sobre garotinhas que fogem e acabam sendo vendidas para o tráfico de escravos brancos.

"Tenho que tomar conta do Justin." Ela levantou o réptil minúsculo.

"Eu coloquei o seu nome, porque você pagou por ele." Ela sorriu e acariciou o seu casco.

Justin olhou para ele, rastejando pelo braço dela.

"Parece que a coisa está tentando fugir", disse ele.

Megan franziu a sobrancelha.

"Não é a coisa, ela é um ele", disse num tom que não deixou espaço para discussões. "E ele me ama." Ela também soou inflexível quanto a isso. "Vou levá-lo de volta para casa no avião", anunciou ela.

Justin sorriu nervosamente em resposta. Ele não tinha pensado nisso. Antes que ele pudesse pensar numa resposta, um estranho se aproximou deles ao acaso.

"Curtume?", sussurrou ele.

"Perdão?", respondeu Justin.

O estranho baixou o seu fez em direção à Megan.

"Olá, menina linda", sorriu ele.

"Olá", respondeu ela. "Eu tenho uma tartaruga." Ela parou e o segurou para ser inspecionado, e o homem o pegou.

"Ele quer ver para onde levamos as cabras?"

Megan acenou entusiasmada.

Ele acariciou a carapaça do animal enquanto se afastava.

"Está aqui embaixo", anunciou ele por cima do ombro.

"O que é?", Justin queria saber.

"O curtume", veio a resposta por cima do ombro.

"O quê?"

"O curtume", repetiu Megan como se ela fosse a adulta e ele a criança. "O que é o curtume?", perguntou ela ao novo amigo.

"É para onde levamos as cabras", respondeu ele.

"Ah, você pode levar tartarugas para lá?", perguntou ela.

"Claro", ele a tranquilizou.

O cheiro era avassalador. Eles lhe deram um raminho de lavanda para segurar próximo ao nariz, mas de nada adiantou para disfarçar o mau cheiro de carne apodrecida que enchia as suas narinas.

Justin estava explicando que eles realmente não precisavam ver ovelhas se decompondo. E ele certamente não pretendia pagar pelo privilégio, não importava o quanto o guia lhe estendesse a mão.

Então ele se virou, e Megan tinha desaparecido.

Um nó de pavor reapareceu no seu estômago. Ele chamou o nome dela e freneticamente começou a contornar o local.

"Senhor!", ele ouviu a chamada e correu até o trabalhador que estava apontando.

O chapéu de palha de Megan estava flutuando sobre uma poça de lama marrom e fedorenta.

"Merda", exclamou ele.

Os trabalhadores já se precipitavam com longas varas e as rodopiavam através da água.

"Para fisgar um corpo", pensou Justin.

"Merda", disse ele outra vez.

"Megan!", chamou ele.

"O quê?", respondeu ela.

Ele girou e lá estava ela. Empoleirada na ponta de um banco de pedra, escondida atrás da figura agachada do seu irmão.

Justin poderia ter chorado de alegria, mas sentiu que a situação exigia alguma atenção.

"Eu te disse para segurar a minha mão", disse, e a criança olhou para ele mistificada perto do seu irmão.

"O que aconteceu com o seu chapéu?", ele tentou em vez disso.

"Eu tirei", respondeu ela.

"Senhor, você quer?"

Um trabalhador interrompeu. Ele estava segurando um chapéu empapado e deformado na ponta de uma vara.

"Eca", disse Megan.

"Não, obrigado", disse Justin.

"Podemos ir agora?", disse Philip, e ambos olharam para ele.

Justin sabia quando tinha sido derrotado. Ser pai era muito mais difícil do que ele imaginava. Ele já estava exausto. Precisava de uma pausa.

Estava na hora de levar as crianças de volta. Escapar para ficar chapado e ler o seu livro. Ninguém podia dizer que ele não tinha feito a sua parte pela causa. Trudy sem dúvida apreciaria o gesto.

Ela estava aproveitando o tempo, podia se dizer. Ele olhou para o relógio.

"Uma hora e vinte minutos! Porcaria! Parecia muito mais tempo."

"Sim", disse ele. "Vamos voltar."

CAPÍTULO VINTE E SETE

Eles subiram a escada para encontrar Trudy sentada à mesa
de ferro. Ela ainda estava de roupão, uma toalha enrolada
na cabeça.

"Ah." Ela parecia um pouco surpresa por vê-los. "Já estão de
volta."

Megan correu até ela e se atirou no colo da mãe. "Eu tenho
uma tartaruga, mamãe, olha!", ela empurrou o animal no rosto
dela.

Trudy se afastou instintivamente, e a jarra de água à sua
frente voou.

Philip tinha caído sobre as almofadas. Foi impressionante a
forma como ele se mexeu até à borda para não se molhar, sem
realmente tirar o olhar da tela.

"Quer que eu vá buscar uma toalha?", perguntou Justin.

Megan gemia de felicidade, balançando no colo da mãe,
mantendo os pés para cima. Trudy estava tentando defender as
suas regiões mais delicadas dos seus pés voadores. Ela deu a
Justin um olhar fulminante.

"Vou buscar uma toalha", ele decidiu por ela e se virou nos
calcanhares.

"Pergunte se eles consertaram a água quente", avisou Trudy com desaprovação enquanto ele desaparecia pela escadaria.

Ele foi até o térreo e gritou: "Olá." Ninguém veio.

Ele perambulou pela parte de trás da propriedade, onde um velho marroquino apareceu por trás da sombra de um pilar de mármore.

Justin perguntou se havia alguém por perto. O homem olhou para ele com a expressão vazia.

Ele pediu uma toalha. Nada além de uma expressão vazia.

Ele imitou secar as mãos. O velhote olhou para ele até Justin se sentir ridículo. Derrotado subiu as escadas, um passo cansativo de cada vez.

Ele chegou no telhado onde os seus olhos recaíram sobre toalhas brancas fofas espalhadas sobre a água derramada. A crise estava sob controle. Justin olhou em volta.

Philip estava no telefone.

Megan estava deitada no chão com Malik, tentando fazer a sua tartaruga nadar nos últimos resquícios da poça. Qualquer crise já tinha desaparecido.

"O que eles disseram eles sobre a água quente?", perguntou Trudy.

Ele teve que admitir para si mesmo que ela não estava com a melhor expressão que ele já tinha visto.

"Não tinha ninguém lá." Ele viu o maxilar dela endurecer.

"Ele não sabe?", fez um gesto em direção a Malik.

"Ei", disse Justin, e a criança olhou para cima. "Vem comigo."

Malik se levantou; Megan fez o mesmo.

Justin liderou o caminho até o banheiro. Malik e Megan permaneceram de pé respeitosamente, enquanto Justin perguntava sobre o funcionamento do sistema de encanamento.

Era adorável como ambas as crianças escutavam atentamente.

O garoto porque ele queria, acima de tudo, agradar os ingleses engraçados, Megan porque ela estava copiando fielmente o seu pequeno amigo. Aquilo a fez se sentir muito adulta.

E Justin tentou, ele realmente tentou.

Ele usou palavras e frases não técnicas desde o início. Reduziu-as cada vez mais, até que ele estava apenas com a torneira quente aberta e repetindo as palavras: "Não está quente. Caldeira?".

Megan entendeu o que ele estava dizendo. Ela não sabia por que nem onde estava a caldeira. Ou mesmo o que uma caldeira poderia fazer. Mas ela estava contente por acompanhar essa conversa obviamente adulta. Megan acenou com a cabeça de maneira séria.

O garoto ao seu lado pegou o movimento; ele também acenou com a cabeça, repetidamente. "Sim", disse ele.

Olhou para Justin, torceu as mãos, balançou a cabeça, acenou com a cabeça, disse "Sim" algumas vezes e esperou.

Era um impasse. Justin também esperou; eles se olharam nos olhos.

Para o deleite de Megan, a criança repetiu o seu processo.

Justin finalmente percebeu que cederia primeiro.

"Ok." Ele se levantou. "Quando?", perguntou ele, tocando em um relógio imaginário.

"Sim", veio a resposta.

Ele já não aguentava mais. Ele foi embora e deixou os dois.

"Bem?", perguntou Trudy.

Ela estava de pé no meio do pátio, olhando para ele através óculos escuros. O sol forte deslizava pelos telhados e a iluminava perfeitamente. Justin estava derrotado demais para a encarar. Ela sabia que algo devia estar errado.

Ele se aproximou.

"Ele disse que vão consertar enquanto estivermos fora."

"Fora?", disse ela. "Para onde?"

"Vamos alugar um táxi, subir as montanhas", sugeriu ele.

Ela torceu o nariz.

"Ou para a costa?"

Ela meio que sorriu. "Ok", disse ela.

Logo eles estavam atravessando uma estrada difícil em direção à costa Atlântica. O motorista seria pago quando chegassem lá. Então, presumivelmente, pago de novo quando ele os trouxesse de volta à noite. Ele tinha sido um pouco vago nos detalhes, mas não importava, eles estavam a caminho da praia, estavam de bom humor, e o sol brilhava. Certamente era isso o que importava.

Logo o bom humor começou a se desgastar um pouco. Algum tempo depois disso, até Justin não tinha certeza se aguentaria muito mais. Há muito tempo o silêncio havia descendido no veículo sufocante; até Megan estava quieta.

Justo quando Justin estava se perguntando vagamente quem dentre eles cairia em lágrimas primeiro — ele definitivamente não havia se descartado — o motorista quebrou o silêncio.

"Da", disse ele, apontando para a frente.

Ali estava, o oceano.

No cume da colina seguinte, ele apontou outra vez e eles viram uma bela praia dourada indo majestosamente em ambas as direções.

Os sorrisos começaram a aparecer nos rostos dos quatro passageiros. Ninguém tinha força para conversar, mas certamente começaram a se animar.

"Da", disse o motorista novamente. Essa parecia ser a palavra que ele usava para todos os estrangeiros, para explicar todas as coisas.

Ele estacionou, saiu do banco do motorista, tirou as bolsas do porta-malas e ficou de pé sorrindo como um avô indulgente enquanto, um a um, os seus passageiros saíam e admiravam a gloriosa praia à frente deles.

Então ele estava diante de Justin com a mão estendida.

"Da", disse ele, com um ar desconfiado.

Justin achava que todas as pessoas que queriam dinheiro pareciam desconfiadas. Mas não pensou demais sobre aquilo.

"Sim, sim, claro." Tirou a carteira e a soma acordada. A mão do homem continuou estendida por um momento, então ele acrescentou outra nota.

O motorista sorriu. Ele apertou a mão de Justin com entusiasmo, acenou para os outros individualmente, subiu ao volante e saiu dirigindo.

Eles o observaram ir embora, sorrindo.

Lentamente os sorrisos desapareceram. Em pouco tempo todos eles perceberam, até mesmo Megan, que tinham sido abandonados no meio do nada.

"Bem, não no meio porque estamos junto ao mar. No limite do nada", admitiu Justin, em silêncio, enquanto olhava para Trudy.

"Linda praia, não é?", sorriu ele.

Ela olhou para ele.

Ele olhou de volta.

Uma mecha solta atravessou o rosto dela de uma forma extremamente feminina. Ela estava tão bonita que ele sentiu uma vontade avassaladora de beijá-la.

Ele se controlou, pelo menos por enquanto.

"Onde está todo mundo?", perguntou Philip, e eles olharam para ele como sempre faziam quando ele falava.

"Aqui estão eles!", exclamou Megan entusiasmada.

Todos se viraram para olhar para onde ela apontava e lá estavam eles.

Um homem de túnica, seguido por crianças.

Eles assistiram à aproximação do pequeno grupo, então não perceberam outros que vinham do outro lado da praia e também do lado das dunas.

Em poucos minutos, eles foram cercados. Um grupo de homens adultos e pelo menos quinze crianças vestidas principalmente com camisetas Nike ou Adidas ou Disney.

Os homens ficaram atrás enquanto as crianças circulavam à

volta de Justin. Todos estavam de mãos estendidas, à espera de dinheiro, doces ou sabe Deus o quê.

Justin se manteve firme enquanto as crianças falavam. Ele repetia em inglês: "Não temos nada." Ele estava sorrindo, mas obviamente inflexível.

As crianças logo desistiram. Depois estavam brincando com Megan como se a conhecessem a vida toda.

Eventualmente, um homem que falava um pouco de inglês foi trazido à frente. "Gosta da nossa praia?"

"Sim, muito. É muito bonita."

"Você tem comida?"

Justin virou a cabeça em direção à Trudy.

"Um pouco", disse ela.

"Nós comemos comida juntos", disse o homem.

Ele chamou uma das crianças e tagarelou para ele em árabe. O garoto saiu correndo.

Ele voltou meia hora depois com mais homens, outro pequeno exército de crianças, e um tambor de aço. Peixe foi produzido e uma fogueira começou. O tambor se tornou uma grelha; tomates gigantes e cebolas foram adicionados.

Eles jantaram vendo o sol africano se pôr no mar. Era verdadeiramente idílico, romântico até.

Trudy se sentou no tapete fornecido e observou seus filhos.

Ela conseguia ver Philip um pouco mais abaixo na praia. Ele estava escondido debaixo do capuz, absorvido no telefone, então estava bem.

Viu Megan correndo em uma duna de areia com um exército de crianças. Eles estavam todos gritando e sorrindo, então ela estava bem.

Ela olhou para Justin e teve que admitir que aquilo era bom.

Ele olhou para ela, e ela se dignou a lhe atirar um sorriso.

Justin estava tentando pensar em algo romântico para dizer quando o falante de inglês apareceu ao seu lado. Ele explicou que, por um preço razoável, poderiam ser feitos arranjos para dormir, e alguém os levaria de volta para Marraquexe amanhã.

"Haxixe?", perguntou Justin.

Um pouco de haxixe foi adicionado, e o acordo foi feito.

Quando a escuridão caiu, um dossel beduíno gigante foi erguido na areia. Um fogo tinha sido aceso, e o céu continha mil estrelas. Trudy se aconchegou a Justin em frente às chamas.

"Isso é mesmo muito romântico", pensou ela.

"Não se pode lutar contra o destino", pensou ele.

CAPÍTULO VINTE E OITO

Justin acordou ao som de crianças rindo.

Eles também estavam puxando o seu cobertor. Ele as assustou com um rosnado. Espreguiçou-se e viu Trudy mais abaixo na praia, olhando para o mar. Ela estava bebendo um chá de menta. Ele fez um baseado e foi se juntar a ela. O chá lhe foi servido, e antes mesmo dele ter terminado, o falante de inglês apareceu do nada e veio para o lado de Justin.

"O meu primo pode levar você de volta", disse ele.

"Ótimo."

Trudy sorriu.

"Mas ainda não."

O sorriso deixou o seu rosto.

"Quando?", perguntou Justin.

"Quando ele está dirigindo um ônibus turístico. Podemos ir com ele. Ele vai levar você. Vai estar em Marraquexe esta noite."

"Ok", disse Trudy, e ambos olharam para ela, à espera de que ela elaborasse. "Podemos passar um dia aqui." Ela estava suficientemente feliz. "Um dia à beira-mar", acrescentou ela.

"Sim", concordou Justin.

Megan estava confortável, correndo livre com um bando de

crianças; Philip se contentava em viver no mundo virtual que carregava consigo. Ele nunca foi difícil de agradar. Trudy se deitou na areia pegando sol, relaxando enquanto Justin se sentava ao lado dela como um cachorrinho apaixonado. Eles nadaram juntos no oceano, e os habitantes locais lhes deram mais comida.

Foi um dia memorável, mas, à altura que o sol se punha no céu, Trudy, em particular, já estava pronta para partir.

Duas horas depois, eles realmente partiram.

O motorista os fez esperar, mas quando finalmente apareceu, os deixou à vontade. O carro era novo, limpo e arrumado, e uma vez que eles partiram, o próprio homem provou ser uma coisa rara no Marrocos, um motorista seguro.

"Nós vamos pela estrada através das montanhas Atlas", disse ele. "Veremos as luzes de Marraquexe em três horas."

Megan tinha desfrutado de um dia agitado. Ela tentou lutar contra o sono, mas com o movimento adicional dos pneus logo dormiu, e a paz recaiu sobre todos eles.

Uma hora depois, atingiram um bloqueio de estrada da polícia.

Todos foram colocados para fora do veículo. Assim que fez contato com o ar frio da montanha, Megan acordou e estava gritando a plenos pulmões.

Em um determinado momento, Justin pensou que a polícia estava prestes a espancá-la até que ela ficasse quieta.

O motorista do carro foi tratado com extrema desconfiança. Era quase como se a polícia o conhecesse.

Então, o suposto pai da criança gritante foi escolhido para ser interrogado.

"Aonde você vai?"

"Marraquexe."

"Onde você esteve?"

"Na costa, eu não sei o nome do lugar. Ele vai te dizer." Ele apontou para o motorista.

O policial olhou em silêncio suspeito por um momento.

Justin estava profundamente preocupado que eles encontrariam o pedaço de droga que ele tinha escondido no sapato.

"Me mostre a sua mala."

Felizmente, a polícia se contentou em esvaziar a mala e lhe dar algumas palmadinhas.

"Você quer ir?", Justin foi perguntado.

Ele acenou com a cabeça esperançoso.

"Cem dirames", disse o policial em um inglês com forte sotaque. Era como se ele soubesse que algo estava acontecendo; ele simplesmente não queria se dar ao incômodo de realizar uma busca completa.

Os níveis de estresse de Justin estavam fora dos limites; ele pagou de bom grado.

Meu Deus, eu preciso de um cigarro, pensou ele.

Eles foram autorizados a continuar a viagem.

Megan presenteou a todos com uma canção absurda sobre camelos. Ela tinha cinquenta e sete versos muito parecidos.

CAPÍTULO VINTE E NOVE

Era o último dia das férias.

Após o café da manhã no terraço eles passearam pela praça pela última vez, tirando fotos, observando os itens à venda, fingindo que eram normais.

"Olha," disse Megan, "cobras! Vamos lá ver as cobras."

Ninguém se movia rápido o suficiente para o seu gosto, então ela agarrou a mão da mãe e começou a arrastá-la. "Vamos, mamãe."

Mais cauteloso do que curioso sobre as cobras, Justin as seguiu, mas permaneceu atrás.

"Porque estão elas aqui, mamãe?"

"Para que as pessoas possam tirar uma foto com elas."

"Ah", ela parecia satisfeita com a resposta.

"Quer uma foto com a píton?", perguntou Justin.

"Sim, por favor", respondeu ela, depressa demais para o gosto da mãe.

"Tens certeza, querida? Elas podem morder."

"Não, senhora, nenhuma mordida", assegurou o homem responsável que se aproximou deles e estava ouvindo atentamente.

"Elas não mordem?", perguntou Megan.

"Não, senhorita."

Trudy lançou um olhar para Justin, que ele interpretou completamente errado. *"Veja o que você fez",* dizia o olhar.

Ele o leu como: *"E o Philip?"*

"E se o seu irmão for primeiro?", propôs Justin.

Megan acenou entusiasmada com a sugestão. Ela foi atrás do irmão e começou a empurrá-lo para a frente.

"Sai", resmungou ele, mas havia percorrido a curta distância sem perceber o que estava se passando. Agora ele estava no local, em posição.

"Vai mostrar à sua irmã como se faz?", perguntou Justin.

"Como se faz o quê?"

Ele tinha estado ao telefone. Não tinha acompanhado a conversa, nem tinha reparado nas cobras. Ele estava tentando se atualizar.

Nesse momento, uma píton foi pendurada no seu pescoço.

Era um animal grande e pesado.

O adolescente não esperava estar usando uma cobra gigante de repente. Ele cambaleou ligeiramente, deu alguns passos para trás e fez uma espécie de dança engraçada. Queria empurrar a criatura, mas não fazia a menor ideia de qual era o protocolo correto. Ele não queria ser mordido, algo com o qual estava genuinamente preocupado porque a língua da cobra estava praticamente lambendo o seu olho. A expressão no seu rosto enquanto ele tentava olhar para algo tão próximo era inestimável, única, a loucura de alguém que desejava poder fugir de uma parte de si mesmo.

Ele nunca deveria ter pisado tão perto da naja no chão. Mas ele dificilmente poderia ser responsabilizado, não sabia que ela estava lá. Naturalmente, o animal reagiu para se proteger.

Philip gritou: "Fui mordido!"

"Não", o dono da cobra o tranquilizou.

"Tem sangue na minha perna."

"Não."

"Tem sangue na perna dele, ele foi envenenado", insistiu Trudy, soando um pouco frenética.

"Sem sangue, sem veneno", disse o homem da cobra, negando a existência do sangue que todos podiam ver, lançando assim dúvidas sobre se eles deveriam acreditar nele sobre o veneno.

"Eu li em algum lugar que eles tiram o veneno delas", ofereceu Justin, tentando ser útil.

"Ele vai morrer?", perguntou Megan.

"Aonde você leu isso?", Trudy queria saber.

"Hum," ele se sentiu pressionado, "Eu não me lembro, em algum lugar."

"Ah, isso é muito bom", sibilou ela.

"Vamos levá-lo para o Hospital?", sugeriu Justin, se sentindo um pouco incompreendido.

Felizmente, havia táxis estacionados na praça, então chegar ao hospital foi uma operação simples. Uma vez lá, foram atendidos quase de imediato. Foi uma experiência conduzida de modo profissional que colocou a mente de Trudy em paz.

O médico lhes assegurou de que as cobras na praça tiveram os seus sacos de veneno removidos. Então Philip só precisava ser limpo, receber uma vacina contra tétano, e ele estava pronto para ir.

Eles ainda pegariam o voo.

CAPÍTULO TRINTA

De volta ao terraço, Justin se sentou à mesa de ferro enrolando um baseado. Ele já tinha atirado os seus poucos pertences para dentro da bolsa e estava à espera de que os outros terminassem de fazer as malas. Agora, estava tentando fumar toda a sua droga. Não queria deixar nada para trás; teria parecido uma espécie de mini derrota. Então, havia grandes nuvens de fumo à deriva acima da sua cabeça. Ele era como um homem possuído, fazendo baseados antes mesmo de terminar o que estava fumando.

No quarto , Trudy se preparou. Ela fixou um sorriso e saiu pela porta até o terraço. Justin olhou para cima imediatamente e sorriu quando ela se aproximou.

"Está tudo pronto?"

"Quase", disse ela, e fez a volta pela mesa até estar de frente para ele.

Ela se inclinou, descansou as mãos nas costas de uma cadeira, e então, mudando de ideia, ficou reta e dobrou os braços. Ela parecia um pouco tensa.

"Você está bem?", perguntou Justin.

"Tudo bem", disse ela.

E ele aceitou a resposta dela sem questionar.

Ele olhou para baixo. Começou a colar alguns papéis de seda.

Trudy se inclinou novamente, fazendo-o olhar para cima.

"A questão é," disse ela, "não há uma maneira fácil de dizer isso."

"O quê?", interrompeu ele.

"Bem, se você me deixar acabar, eu te digo."

"Me dizer o quê?"

"Eu quero que você consiga um outro voo." Ela cuspiu as palavras e tirou o baseado da mão dele ao mesmo tempo.

Ele a assistiu puxar alguns tragos enquanto seu cérebro fazia cambalhotas dentro do seu crânio.

"O quê?", ele parecia chocado.

"Você ouviu."

"Por que?"

"Você sabe porque."

"Não sei."

Ela estava diante dele, linda, fumando a sua droga. Estava à espera de que ele concordasse. Ela entregou o baseado e ele pegou, atordoado em silêncio.

"Bem?", perguntou ela.

"Você está brincando?", ele queria verificar.

"Não."

"Está falando sério?"

"Sim, estou falando sério. Agradeceria muito se você fizesse isso, porque é importante para mim."

"Certamente ela não está dizendo que não quer estar no mesmo avião que eu", pensou ele.

"Tem outros voos para Londres", acrescentou ela.

"Sim, tem, hum, ok, eu acho que sim."

E lá estava o seu pequeno meio sorriso outra vez.

"Eu achei que tínhamos algo especial", disse Justin.

Ela tinha se virado para ir embora, mas parou e voltou

quando ele falou. Ela o olhou de cima para baixo. "Não temos", disse ela.

"Mas eu estou te conhecendo, descobrindo as suas profundezas escondidas", insistiu ele.

"E você não tem profundezas escondidas", respondeu ela.

Ela o estava fazendo se sentir não exatamente ofendido, mas como se ele devesse se sentir ofendido.

"O que há de errado nisso?", queria saber.

Trudy suspirou. "Você não quer saber."

"Eu quero." Ele não queria saber realmente, estava apenas prolongando a partida dela.

"Nada, eu suponho", ela pausou. "Desde que os seus atributos sejam dignos e altruístas".

O silêncio se tornou incômodo. Como se fosse esperado que ele respondesse, mas ele não tinha nada.

"Ela acabou de me chamar egoísta?", não tinha certeza, mas lhe pareceu que sim.

Trudy falou: "Os seus não são. Os seus atributos não são dignos."

"Ou altruístas. Sim, obrigado, eu percebi isso." Finalmente, ele estava mostrando uma emoção genuína; parecia magoado.

"Justin, você é a única pessoa que eu conheço que é exatamente o que parece ser."

Ele se animou um pouco. "Obrigado," disse ele, "isso significa muito para mim."

"Não é um elogio, é insuportável!"

"O quê?", ele estava confuso outra vez.

"Isso é algum tipo de piada", pensou ele. *"Ela enlouqueceu."*

Ela parecia envergonhada. Não conseguia chamar a atenção dele.

"Funcionamos melhor em Londres, não é?", disse ele. "Vai ficar tudo bem quando voltarmos, não é?", ele estava sorrindo.

Trudy suspirou. *"Ele realmente não faz a menor ideia",* percebeu ela.

"Olha," disse ela, "não leve isso para o lado pessoal, mas você representa tudo o que eu odeio nessa vida."

"Não leve isso para o lado pessoal?", pensou ele. *"Ai"*...

"Ah", disse ele.

Ele agora estava soluçando. A realidade podia ser dura quando se chocava com você com muita força.

"Então estamos nos separando?", o cérebro de viciado dele estava realmente tendo problemas para analisar tanta informação inesperada.

Trudy o olhou de cima a baixo balançando a cabeça. "Você não é mais uma criança", disse ela. "Cresça."

"O que há de errado com ela?", ele ficou ofendido com aquele último comentário.

"Então, estamos nos separando?", perguntou ele outra vez.

"Estamos", disse ela com muita calma, levando tudo em consideração, pensou ele. "E se você tenta me contatar, eu vou abrir uma ordem de restrição", acrescentou ela.

"Ah", disse ele, abandonando instantaneamente o seu plano de esperar uma semana antes de ligar para ela.

Não parecia haver nada a acrescentar. Mas o silêncio deixava Justin desconfortável, era estranho, ele tinha que dizer algo antes que ela desaparecesse.

"Seja feliz."

"Hum", respondeu ela, virando as costas.

CAPÍTULO TRINTA E UM

Justin olhou para a rua do terraço no telhado com um baseado gordo na boca.

Ele conseguia ver Trudy lá embaixo carregando a mala. Megan estava alguns passos atrás, arrastando o seu coelhinho pelas orelhas, e Philip estava no fim, absorvido pelo seu telefone. Nenhum deles olhou para cima.

Ele os viu entrar em um táxi e se afastarem.

"Não tenho certeza de onde errei", pensou ele. *"Mas pelo menos posso me olhar no espelho e dizer que tentei, tentei mesmo."*

Ele atirou a bituca no telhado e se sentou para fazer outro baseado.

O voo dele era só à meia-noite. Ele tinha comprado outro pedaço grande de haxixe e estava determinado a fumá-lo, garantindo assim que entrasse no avião chapado.

"As mulheres são estranhas", pensou ele. *"Não há nada que eu possa fazer sobre isso; não há nada que ninguém possa fazer sobre isso. Ninguém tem culpa, é apenas uma daquelas coisas como neve no verão ou chuva quando menos se precisa dela."*

.   .   .

Trudy se sentou no banco de trás do táxi. Sentiu um grande peso deixar os seus ombros. As linhas no seu rosto desapareceram, o sulco na sua testa suavizou quanto maior a distância de Justin.

"Vai ser maravilhoso chegar em casa, não vai?", disse em voz alta.

Ela se perguntou se deveria pedir desculpas e implorar perdão por submetê-los a uma experiência tão traumática.

E se algo de bom viria daquele desastre, seria que a partir de agora ela estava determinada a ser uma mãe melhor.

"Eu não quero ir para casa. Eu quero ficar", disse Megan.

"Desculpe?", sua mãe ficou surpresa ao ouvir isso.

"Eu amo o Marrocos", acrescentou Megan. "Eu nunca quero ir embora."

Trudy olhou para ela, chocada.

"Nossa", disse.

"Para o carro", Megan estava de repente dando ordens.

"Não, não, shhh. O homem está nos levando para o aeroporto."

"Não podemos ficar aqui?"

"Não, querida, lamento. Mas talvez possamos voltar um dia. Seria bom?"

"Eu amo aqui", respondeu Megan.

"Isso é ótimo, querida, fico feliz."

"Voltaremos um dia", respondeu Megan alegremente.

"Philip?", Trudy estava interessada na opinião do filho.

Ele não respondeu. Ela teve que puxar a sua manga para chamar sua atenção. Ele tirou os fones de ouvido escondidos pelo capuz.

"O quê?", perguntou ele.

"Sinto muito que tenha sido uma confusão tão grande", disse ela.

"Hein, o que?"

"Você sabe, a viagem, Justin, a coisa toda."
"Quem é Justin?", respondeu ele.

FIM

164

Caro leitor,

Esperamos que você tenha gostado de ler *Tudo ou Nada em Marraquexe*. Reserve um momento para deixar uma crítica, mesmo que curta. A sua opinião é importante para nós.

Atenciosamente,

Ian Parson e Next Chapter Team

BIOGRAFIA

Ian Parson nasceu em Plymouth. Ele viajou bastante e morou em Londres, na Espanha e na Grécia. O seu primeiro romance *A Secret Step* (Copperjob) foi publicado em 2013. Em 2014, ele escreveu o primeiro capítulo de *The Little Book of Jack the Ripper* (HistoryPress).

Seu segundo romance, *The East End Beckons* (Linkville), foi publicado em 2015.

Ambos os romances foram aclamados pela crítica.

Em 2016, ele escreveu o primeiro capítulo de *A Linkville New Year* (Linkville).

Seu terceiro romance *The Grind* (Next Chapter) foi publicado em 2019.

Ele tem diversos artigos publicados na Espanha e no Reino Unido.

Ian tem um grande interesse na história de Londres e é um membro ativo da Sociedade de Whitechapel e da Sociedade Orwell.

Tudo Ou Nada Em Marraquexe
ISBN: 978-4-82410-600-1

Publicado por
Next Chapter
1-60-20 Minami-Otsuka
170-0005 Toshima-Ku, Tokyo
+818035793528

15 setembro 2021